O QUE SE FAZ POR AMOR

J.J. CAMARGO

O QUE SE FAZ POR AMOR

L&PM EDITORES

Texto de acordo com a nova ortografia.

Capa: Ivan Pinheiro Machado
Preparação: Mariana Donner da Costa
Revisão: Luiza Gressler

CIP-Brasil. Catalogação na publicação
Sindicato Nacional dos Editores de Livros, RJ.

C178q

Camargo, J. J., 1946-
O que se faz por amor / J. J. Camargo. – 1. ed. – Porto Alegre [RS]: L&PM, 2024.
240 p. ; 21 cm.

ISBN 978-65-5666-524-5

1. Crônicas brasileiras. I. Título.

24-94247 CDD: 869.8
CDU: 82-94(81)

Gabriela Faray Ferreira Lopes - Bibliotecária - CRB-7/6643

Rua Comendador Coruja, 314, loja 9 – Floresta – 90.220-180
Porto Alegre – RS – Brasil / Fone: 51.3225.5777

Pedidos & Depto. Comercial: vendas@lpm.com.br
Fale conosco: info@lpm.com.br
www.lpm.com.br

Impresso no Brasil
Primavera de 2024

Sumário

Apresentação

Apesar de o cronista ser comparado ao soldado raso se, metaforicamente, submetermos os literatos à hierarquia militar (os poetas seriam os generais), o grande desafio do cronista é dar vida a uma situação banal, ornando-a de criatividade, delicadeza e emoção.

Quem decide se aventurar por esta trilha logo descobre, como advertiu Ariano Suassuna, que as coisas ruins de viver, são boas de contar e vice-versa. Neste sentido, e só neste sentido, esses últimos anos foram pródigos em fornecer material para o cronista alternar temas como coragem, resiliência, esperança, cinismo, mau-caratismo e dissimulação, espelhando uma legião de sequelados emocionais, de tal modo que ninguém sobrevivesse sem cicatrizes.

Quando se olha o sumário de um livro de crônicas em gestação, a primeira impressão é de incredulidade, diante da percepção do que realmente foi a nossa vida nesses últimos anos, fingindo naturalidade neste mundo transformado num sanatório geral em que todos, incluindo a natureza, resolveram se manifestar de um jeito espalhafatoso e cruel, em que faltou empatia e delicadeza, e em que sobrou desconfiança e hipocrisia.

De sobressalto em sobressalto, sobrevivemos a uma enxurrada impiedosa, mas com a sensação desconfortável de que nunca mais seremos os mesmos, a confirmar que o sofrimento tem um poder catártico, e no final só nos resta seguir adiante com o que conseguimos segurar contra o peito enquanto éramos resgatados.

Como todo o livro novo, *O que se faz por amor* tem a responsabilidade de revisar o passado recente, com olhar crítico e isento, para confirmar uma crença que embalamos até aqui: as coisas realmente importantes, essas que foram vividas com tal intensidade que se justifica relembrá-las décadas depois foram, invariavelmente, aquelas que envolveram os sentimentos humanos mais poderosos, e o quanto colocamos de amor nesse translado. A crônica "O que se faz por amor" foi selecionada, entre as mais de setenta crônicas que fazem parte desse livro, por melhor representar tal convicção.

Olhos abertos e coração sensível são as armas de que o cronista dispõe para exercer seu trabalho de reconstrução. Afinal, é isso que a crônica faz: discute o que aconteceu e, na tragédia, se coloca no lugar do sofredor e imagina cada pequeno detalhe que, se evitado, poderia ter mudado aquela história. Mas desses delírios nunca nos furtamos, porque é da esperança de que as coisas mudem para melhor que nos alimentamos para tornar a vida suportável.

A cirurgia torácica da alta complexidade, servindo-se da riqueza de sentimentos que permeiam a prática da oncologia e da transplantologia, tornou mais fácil optar pelo caminho da empatia e da compaixão. E como sempre, desta parceria fluíram lindas histórias com a emoção de quem mergulhou na dor, na fantasia e na luta desesperada por sobrevivência, de cada paciente que cruzou nosso caminho e que nos debruçamos a ouvi-lo e a aprender com ele.

Porque, afinal, ser feliz como médico é proporcionar a alguém, que nos procura premente de socorro, uma alegria que ele não teria se não fôssemos capazes de fazer o que fazemos. E sem nenhuma soberba, mas com uma doce compensação pelas muitas vezes que tentamos, tentamos e não conseguimos. E tivemos que, mais uma vez, juntar os cacos para recomeçar.

J.J. Camargo
setembro de 2024

A inteligência que você vai precisar quando adoecer

"O cara só é sinceramente ateu quando está muito bem de saúde."

MILLÔR FERNANDES

Mesmo o maior entusiasta em vender as vantagens da telemedicina sabe do que mais precisamos quando adoecemos, a menos, claro, que o felizardo nunca tenha adoecido.

Com a tendência moderna de transferir para o mundo abstrato tudo o que possa ser resolvido pela inteligência artificial, tornou-se rotina a busca desesperada por uma voz humana quando temos um problema que infelizmente não faça parte dos algoritmos de quem programou a máquina. E todos certamente já passaram pela experiência angustiante de tentar obter uma resposta e ouvir quatro ou cinco alternativas que não se encaixam na sua necessidade. E o alívio quando a máquina "desiste" de você e anuncia: "Um momento que vamos transferi-lo para um dos nossos atendentes". Mesmo que seja seguida da advertência: "A sua chamada é a 19ª a ser atendida. Por favor, aguarde, a sua chamada é muito importante para nós". Que bom!

Então relaxe e arquive o palavrão para a eventualidade desesperadora de cair a ligação. Se este tipo rotineiro de monólogo virtual já irrita, imagine então se a dúvida pendente de solução envolver a ansiedade de quem está se sentindo fragilizado por uma doença, que para a vítima sempre terá as características assustadoras de terminalidade. E não há nada de incomum nesta irritação, porque é assim que nós, os humanos banais, nos sentimos quando ameaçados. E que ninguém seja tolo de tentar racionalizar o medo do outro.

Buscando adaptação aos novos tempos da comunicação instantânea, não há justificativa para intolerância e insubordinação, mas não podemos perder a racionalidade, porque afinal nem tudo o que é possível fazer é razoável que se faça. Sabedoria nesta contingência não é culpar a tecnologia por despersonalizar as relações pessoais, mas utilizar o que de melhor cada avanço tenha a oferecer, sem corromper os princípios básicos de cada profissão. Em medicina é certo que a inteligência artificial está oferecendo instrumentos valiosíssimos para a qualificação do atendimento, necessitando apenas de regulação dos limites, considerando que a máquina não entende de emoções, e quem ela pretenda ajudar é puro sentimento.

No consultório moderno seremos doravante, e inapelavelmente, três personagens: um sofredor angustiado, um banco de dados imbatível, e um especialista em sentimentos humanos, apto a administrar as informações que melhor sirvam aos interesses do paciente, por entender de medo, angústia, empatia, fantasia de morte e esperança.

Então, se você é um jovem afetuoso e decidiu que cuidar das pessoas que adoeceram é uma tarefa empolgante, aproveite tudo o que a tecnologia tem de mais moderno para facilitar sua vida e fique tranquilo, a sua humanidade nunca será substituída por nenhum robô.

Mas se você não tem tempo a perder com essas babaquices, nada impede que seja muito feliz, desde que assuma que tem prioridades diferentes. E busque a realização pessoal, que todos perseguimos, exercendo uma das muitas e maravilhosas profissões nas quais empatia e generosidade são consideradas características pessoais dispensáveis. E, nas horas vagas, reze para que o destino lhe traga, quando adoecer, um desses tipos obsoletos que ainda acreditam que afeto é virtude.

A arte de envelhecer

"Envelhecer é um processo extraordinário em que você se torna a pessoa que você sempre deveria ter sido."

DAVID BOWIE

Depois que descobrimos, com alguma euforia proporcional à qualidade de vida que temos, que viveríamos mais, pareceu óbvia a preocupação com viver melhor, para que a longevidade não se transforme em punição.

Na relação a dois, nada garante mais a durabilidade amistosa do que o senso de humor recíproco, no qual o deboche carinhoso tem um papel essencial.

Os dois velhinhos caminhavam no calçadão à beira-mar, com pausas regulares, aproveitadas sempre que havia um banco disponível.

Vista à distância, a retração do fundilho da bermuda dele significava atrofia dos glúteos que, segundo os fisiatras, explica, pelo menos em parte, a instabilidade da marcha na velhice. Enquanto isso, ela, tão velha quanto, lhe oferecia uma mão de força duvidosa. De qualquer maneira não havia por perto uma bengala mais carinhosa. Trocavam mais olhares do que palavras, porque estavam naquela fase do convívio em que estas são quase sempre dispensáveis.

Cerimoniosos, pediram licença e se sentaram de costas para mim, num desses bancos de praia que têm assentos para os dois lados.

Não sei se eles tomariam a iniciativa, acho que não, mas não resisti a puxar conversa depois de ter assistido a troca mútua de protetor solar, carinhosamente espalhado, a preencher os sulcos da pele enrugada.

Quando ele já concluía a operação, ela reclamou: "Já parou? Ah, meu velho, mais um pouquinho, o frescor desse creme com esse ventinho...". E ele recomeçou com um elogio: "Sempre gostei da curva dos teus ombros".

Percebendo que maravilha seria ter esse par de avós amorosos, quis saber um pouco mais de como seria, se fosse possível, ao menos, adotá-los: "Vocês moram aqui?".

Ela sorriu para ele antes de responder: "Quase, sim. Na verdade, a gente tem casa a uma hora daqui, mas todo mês, sempre que bate uma saudade do cheiro do mar, o Nicolau pega o nosso carrinho, e fugimos para cá".

Encantado com a autonomia da dupla, comentei: "Que bom que o senhor ainda dirige!".

Ela deu uma gargalhada: "E sem carteira, desde 2009".

E ele, meio emburrado: "Não precisava ter contado isso!".

"Calma, meu velhinho. Eu ainda nem contei por que você desistiu da carteira!"

Então foi a vez dele de interromper: "Não adianta, se eu não contar, ela não vai desistir, então lá vai: eu tentei o raio da carteira, mas nas cinco vezes derrubei as balizas na hora de estacionar!".

Ela, em pé, aplaudiu a confissão, deu-lhe a mão para ajudá-lo a levantar, abanaram a uns dez metros adiante e retomaram a caminhada. Riam muito.

Nada protege melhor do isolamento da velhice do que a disponibilidade de uma parceria amorosa. E, de preferência, debochada.

Agora só resta torcer para que o destino os mantenha juntos, por muito tempo. Nenhum dos dois me pareceu capaz de sobreviver à última dor, aquela que Rubem Alves chamou de a dor da solidão.

Geração mimimi

"A educação é a arma mais poderosa que você pode usar para mudar o mundo."

NELSON MANDELA

Que ocorram mudanças de comportamento entre gerações é previsível, pela diversidade de fatores novos a influenciá-las. Também é natural que elas ocorram na adolescência, quando a audácia e a necessidade de afirmação se somam ao destemor e alguma irresponsabilidade, transformando a juventude num laboratório de experimentação comportamental.

O que tem chamado a atenção de pais, professores e terapeutas é o quanto essas transformações têm se manifestado mais precocemente, numa faixa etária marcada, até há poucos anos, pela inocência e pela submissão à autoridade dos pais.

Com a exclusiva intenção de entender o que está acontecendo, se percebe mudanças radicais recentes nas relações entre pais, filhos, professores e escolas.

O alto percentual de casais que só voltam para casa no fim da tarde, exaustos por mais um dia de trabalho estressante, introduziu a novidade da educação terceirizada na primeira infância, com desdobramentos inevitáveis: insegurança pela antecipação da autonomia, decisões imaturas comandadas por pura intuição, solidão decorrente de relações afetivas com a superficialidade do mundo virtual, perda da noção educativa de deveres antecedendo direitos, e, por consequência, liberalidade e tolerância exagerada dos pais, que se sentem culpados pela negligência involuntária.

Quaisquer que sejam as razões, alarmam os desajustes observados, como, por exemplo, a cifra de 37% de crianças e adolescentes com problemas emocionais e um crescimento estarrecedor de 200% no índice de suicídio entre crianças de dez a quinze anos.

Admitindo o óbvio, de que pais com sentimento de culpa são péssimos educadores, o surgimento da geração mimimi se impôs como mera consequência.

Como este episódio da mãe paulista que viralizou nas redes por ter denunciado, como desrespeitoso, um jovem médico que acrescentou aos medicamentos usuais de uma amigdalite uma prescrição empática e bem-humorada de sorvete de chocolate (com a opção de sabor selecionada pelo garoto) e um video game popularíssimo na infância.

Naquela denúncia havia muito mais a necessidade de transferir para alguém a culpa de ser mãe do seu jeito do que a perdoável ignorância do quanto o sorvete é um ótimo analgésico à amigdalite.

Na busca involuntária por um contraponto, sempre útil para enriquecer uma crônica, encontrei uma história maravilhosa protagonizada por uma professora americana do Alabama, que recebeu os alunos para o início do curso com a sala de aula vazia e explicou aos meninos que eles deviam sentar-se no chão.

Como era de prever, os garotos informaram aos pais desse comportamento bizarro da professora e, confirmando que denuncismo não tem pátria, as mães trataram de comunicar à imprensa que, como sempre, ávida por um fato novo, acorreu à escola e documentou o absurdo de uma professora excêntrica.

No meio da tarde, com a escola em alvoroço, entrou na sala, para surpresa dos alunos, um batalhão de ex-combatentes fardados, de várias guerras, cada um carregando uma carteira escolar, e assim as mesas foram distribuídas nos respectivos lugares. Depois, eles se colocaram em posição de respeitosa continência junto à parede do fundo da sala de aula.

E então a professora explicou: "Esses soldados lutaram em diferentes guerras, perderam amigos, ficaram longos meses longe de suas famílias, interromperam projetos e atrasaram estudos para que vocês pudessem viver num país que lhes dá uma liberdade que vocês não moveram um dedo para merecer. Agora sentem nessas classes e façam justiça ao esforço que eles fizeram".

Claro que as mães daqueles fedelhos mimados não levaram adiante as queixas pretendidas, porque, afinal, a condescendência na infância só serve mesmo é para produzir adultos frouxos. E, desse tipo, como todos sabemos, o mercado está saturado.

A última vez que estivemos juntos

"Viver é desenhar sem borracha."

Millôr Fernandes

Meus queridos, obrigado por esta escolha generosa que me permite ser o porta-voz das últimas palavras. E ser testemunha desse momento único, responsável por esta carga de exultação que marcará a vida de vocês e todos nós. Certamente viverão momentos inesquecíveis e por eles se saberão vivos, entre os quais essa festa de formatura, que por sua densidade emocional será sempre selecionada para ilustrar esses instantes, únicos e definitivos. Por tudo que representou de expectativa, de angústia, de incerteza, de euforia, de insônia, de cansaço, do medo de errar e da alegria de ter acertado. A soma desses sentimentos, que se resume em estar vivo de verdade, será sempre condensada como um marco atemporal na memória de cada um dos que nos acompanham. Nós, seus preceptores, testemunhas privilegiadas desse encantamento, lembramos bem dessa sensação do coração maior que o peito, da boca seca, dessa mistura de vontade de rir e de chorar, e até do susto de percebermos que, de vez em quando, era sim importante que respirássemos. Essa é a atmosfera de sonho, desses que a gente gostaria de não acordar. Mas garanto que vocês acordaram na hora certa, porque isso está acontecendo mesmo.

Uma pena que a vida às vezes doa tanto que vocês terão vontade de gritar que ela não precisava ser sempre tão real, e não seria se, quem dera, pudéssemos escolher. Não tenham medo de errar, mesmo que isso resulte em cicatrizes, porque ao envelhecerem descobrirão que é pelas cicatrizes que temos certeza de que o nosso passado existiu de verdade.

Um conselho de quem acertou muitas vezes, mas errou outras tantas: depois de um desfecho ruim, não percam tempo lambendo as feridas e tratem logo de operar um caso ainda mais difícil, porque, mais que os outros, vocês precisam confirmar do que são capazes. Mas nós, cirurgiões, não podemos esquecer que os donos das vísceras que manejamos têm amores, filhos, medos e esperanças, como qualquer um de nós. Então, meus caros, quando estiverem na sala de cirurgia, empenhados em fazer a operação mais perfeita, não esqueçam que do outro lado do corredor sempre haverá alguém desesperado por alguma notícia. E lembrem-se de que estarão a um simples recado para serem considerados por aquela família, definitivamente, como médicos inesquecíveis.

Não se escondam para chorar. Trabalhando com uma ciência que não segue nenhum modelo matemático é inevitável que erremos. E a única maneira que temos de nos redimir é permitir que os outros percebam o quanto ficamos mal quando isso acontece. A frustração e o desespero quando perdemos só deve servir para aumentar a gana de recomeçar, e lembrem-se do que combinamos: um passo atrás só se for para tomar impulso.

Não permitam que os pacientes terminais sintam dor, essa é a mais vergonhosa capitulação da medicina moderna. Sejam generosos com as crianças que sofrem sem nem saber o que está acontecendo e com os velhos que muitas vezes somam a tristeza da doença com a tragédia da solidão. Jamais deem uma notícia ruim à noite, porque, como um velho boêmio me ensinou, quem não é capaz de proteger a delicadeza da noite nunca conseguirá ser generoso durante o dia.

Evitem os que só falam de outras pessoas, os que demoram a rir e os pessimistas, porque a desesperança é contagiosa. Se algum desiludido quiser colocar pedras na planície da terceira década, onde vocês transitam, tapem os ouvidos e sigam em frente. Acreditar faz parte de conseguir.

E sempre que encontrarem um velho bem-sucedido, famoso e respeitado, tenham a certeza de que no fundo do seu coração ele guarda um segredo: ele trocaria tudo o que conquistou no mundo pela idade de vocês e a chance de ter um pouco mais de coragem para fazer tudo outra vez e melhor.

Sejam exigentes com a profissão sem perderem a noção de que ela é sim uma parte importante das nossas vidas, mas que temos igual responsabilidade com a outra parte, na qual estão nossos amados, nossos filhos, os amigos, as viagens e a preguiça sem culpa nos intervalos que a vida nos dá.

Sejam amantes insaciáveis da música e da literatura e acreditem que precisamos da arte para fazer a vida suportável, e que com ela vocês envelhecerão como pessoas interessantes, cultas e bem-amadas.

Sejam previsíveis. Porque a previsibilidade é o mais confiável detector do nosso caráter! E cuidem dos pais, porque o amor deles é único e incondicional, e eles serão sempre o último reduto naqueles dias em que o mundo vira contra, como se quisesse acabar com a gente.

Não esqueçam que o nosso inadiável compromisso neste mundo é com a felicidade. Estamos aqui para sermos felizes. Nunca desistam disto, até o limite do razoável.

Bagagem pronta, vamos adiante com determinação e coragem. Toda que tenhamos. E que Deus, qualquer que seja a ideia que tenhamos Dele, esteja no fim dos nossos caminhos.

Os amigos que merecemos

"Você sabe que envelheceu quando não tem mais vagas para amigos novos."

Carlos Drummond de Andrade

Amigos podem ser muitos ou raros, dependendo dos critérios de seleção. Mas de qualquer forma eles representam, em quantidade e fidelidade, a reserva de afeto que merecemos. Os menos exigidos serão aqueles que sempre estiveram próximos, fazendo tarefas idênticas, e se confundem com companheiros.

Um grupo diferenciado surge de outro tipo de proximidade: a afetiva. Esses serão poucos, não importa o quão distantes estejam, os laços que os une são mais fortes. Os primeiros são convivas do cotidiano, geralmente submetidos aos critérios frouxos do coleguismo, com as regras naturais das relações sociais, e são importantes na vida associativa, mas neles não se valoriza obrigatoriamente a fidelização, esta virtude que está um degrau acima nas relações humanas.

Com uma relação social de demandas afetivas modestas, estas amizades, que eu chamaria de funcionais, são indispensáveis na construção do trabalho de equipe, que contará sempre com a indispensável figura do gestor, cuja principal função é não permitir que pequenas rusgas comprometam a condição anímica do grupo.

É muito comum nesta condição, de compartilhamento morno e prolongado, as pessoas confundirem convívio antigo com amizade, como se parceria fosse sinônimo. Essa imprecisão de rótulos é compreensível nas fases harmoniosas do relacionamento, regidas pelo bom senso, que estimula a fraternidade. Mas quando há uma ruptura, em geral desencadeada por ambição ou inveja, as disparidades afetivas se revelam pela eclosão de sentimentos reprimidos, e então pretender tolerância e concórdia é pura utopia.

Se houver alguma dúvida entre ser amigo ou companheiro, um litígio esclarecerá: na perda de um amigo de verdade, não se consegue disfarçar o desconsolo, enquanto muitas vezes na implosão de uma relação mal resolvida com um colega predomina o alívio.

Neste escaninho das relações, se alojam também os que foram amigos e dispersaram por razões fúteis, alguns, e desconhecidas, outros. As amizades, como os amores perdidos sem razão explícita, deixam como sequela a tendência a latejarem em determinadas datas ou circunstâncias.

Em rigorismo, nada se compara à seleção do amigo verdadeiro. Os critérios básicos nesta busca são múltiplos, mas devem incluir: identidade de afetos, ética, disponibilidade, empatia, generosidade, equilíbrio emocional e previsibilidade.

Superada esta triagem, restará uma seleta população que deverá ser novamente peneirada, se pretendermos encontrar o melhor amigo, esse tipo insubstituível e essencial na preservação da autoestima, especialmente naqueles dias sofridos, quando a solidão é intolerável.

O melhor amigo é aquele capaz de sentir orgulho pelas conquistas do amigo, de entender que todos nós temos direito a um dia ruim, e de ouvir, sem dar conselhos, as nossas queixas e impertinências. E depois de tudo ainda revelar talento para ser confidente e ter maturidade para compartilhar nossos segredos e vexames numa daquelas conversas que exigem um bom vinho e são entremeadas de pausas relaxantes, que prenunciam uma promessa silenciosa de apoio incondicional e antecedem um abraço prolongado. A propósito, não superestime amizades nas quais o silêncio pareça desconfortável.

Se você ainda não encontrou esse amigo, não desista, porque ele existe, e você saberá que chegou quando perceber que, com ele, as palavras ficaram cada vez menos necessárias.

O que significa ter um pai

"O seu pai é o único homem que, de fato, quer ver você melhor do que ele."

RAIMUNDO PEDROZA

Na nossa percepção, a figura de um pai é camaleônica, não porque ele necessariamente mude, mas porque nós, em boa parte do tempo de convívio, estamos em evolução.

Na primeira infância, independente do grau de interação, o pai será para o filhote a encarnação da soma dos super-heróis. Desde o pirralho pretensioso, sempre disposto a testar o limite da autoridade paterna, até a idade em que, com um esboço precário de autonomia e autossuficiência, chegamos à juventude, o pai passa a exercer, como em nenhuma outra fase da vida, um modelo a ser copiado. E é deste dano emocional que se ressentem os que, por separação ou morte, perderam o pai nesta etapa.

Esta perda é irreparável, porque é na adolescência e início da juventude que começamos a ser testados fora do ambiente complacente do nosso ninho original. E que relaxante dispor de um parceiro para dividir a ansiedade que consome quem quer ser muito, mas tem mais dúvidas do que certezas de que, um dia, será.

Ter tido um pai nesta fase em que somos mais pretensiosos do que autônomos significa rememorar aquela figura serena que nunca teve dúvidas de que ser justo era muito mais difícil do que generoso, e reconhecer que as nossas memórias mais definitivas e impactantes sempre estiveram associadas à justiça, não importa o quanto tenhamos resmungado.

É nesta etapa de preparação do herdeiro que pretendemos oferecer aos desafios do mundo (e sem nenhuma certeza que conseguiremos) que a aproximação afetiva com o filho ocorrerá, ou nunca seremos mais do que pais biológicos. Aprendi com meu pai, sem que isso nunca fosse verbalizado, que o maior desafio para um pai é lograr a condição de confidente de um filho, uma posição que está um degrau acima da relação convencional entre pais e filhos.

Essa conquista terá o ônus inevitável de doer todas as dores da cria, mas, em compensação, o bônus de que ninguém trai seu confidente.

Pai que é pai é um fã incondicional, capaz de se encantar com as nossas conquistas mais insignificantes, simplesmente porque são nossas. E se porventura adiante na vida conseguimos algum feito que mereceu destaque, ele vai insistir, em cada reencontro, que contemos tudo outra vez, e conservará o olhar do deslumbramento ouvindo uma história requentada como se fosse a primeira vez.

Ter tido um pai é ter convivido com a aventura de um ouvido atento e silencioso quando tínhamos errado e não havia nada para consolar.

Já não ter mais um pai é despertar por qualquer pequeno detalhe a lembrança da mais pura saudade e não conseguir retirar o seu nome da agenda do celular, uma década e meia depois de tê-lo perdido.

Um pai que, no passado, representou a certeza de uma retaguarda que na maioria das vezes não era necessária, mas tranquilizava muito saber que, se fosse preciso, ela estava lá.

Que pena que ter pai não é para sempre.

E que droga que ninguém foi capaz de avisar que não seria.

Disponibilidade: uma virtude essencial

"A delicadeza é refém da disponibilidade de tempo."

Paulo Cesar Paschoalini

A disponibilidade é um dos atributos mais reveladores da nossa personalidade. Na relação humana se equipara à gratidão, como reveladora de virtudes que inevitavelmente identificarão uma índole solidária, ou traços de caráter que delatarão a inutilidade do egoísta ensimesmado.

Em todas as profissões a disponibilidade é festejada porque, independente da situação, conforta a quem busca alguma ajuda a percepção de que encontrou alguém cujo interesse espontâneo dá significado e importância ao seu pedido.

O que pouca gente percebe é a complexidade das exigências na construção de um tipo disponível. A minha impressão é que, quando festejamos a feliz casualidade de termos encontrado este exemplar, parecemos ignorar quantos ingredientes são indispensáveis na produção desse modelo pessoal tão disputado.

O primeiro diferencial é que ele precisa gostar de gente, e através dessa porta de entrada ter descoberto o incomparável encanto de ajudar. E aqui, uma barreira inicial: não se consegue ensinar ninguém a gostar de gente.

Em segundo lugar, exige-se deste tipo uma enorme capacidade de adaptação e resiliência para encarar, sem perder a cordialidade, os desencantos da sua própria vida, que não interessam a ninguém, mas modificam o ânimo do profissional mais dedicado. E muito importante, ainda tem que sobrar paciência para interagir com os chatos inevitáveis, esses que querem para si a atenção e a gentileza que nunca emprestaram a ninguém.

Como a disponibilidade é um dom pessoal, é ingenuidade crer que todos os bem remunerados devam ser gentis, e os sub-remunerados têm razões de sobra para um azedume básico. Mas não é o que se vê na vida real, com atitudes frequentemente invertidas a mostrar que o prazer de servir, e o bálsamo da gratidão do ajudado, não têm preço.

A medicina, por envolver, como poucas profissões, a rotina da busca ansiosa por ajuda, traz na sua concepção esta sentença: se você se chateia ao ser solicitado numa contingência não programada, evite ser médico, ou, pelo menos, sendo, não se exponha às especialidades associadas ao medo da morte. E com esta sábia providência, poupe-se da deprimente sensação de inutilidade e previna-se de rótulos capazes de detonar a autoestima dos prepotentes mais soberbos.

Com a progressiva evolução da medicina para uma atividade multidisciplinar, tornou-se inevitável, especialmente na alta complexidade, o surgimento espontâneo de um consultor em cada especialidade.

Selecionados naturalmente por competência técnica, mas ungidos pela disponibilidade.

Na minha lista, esta seleção natural nasceu fortalecida pela descoberta de que não há nada mais irritante do que alguém que se sabe o quanto sabe, mas que nunca está no lugar justo quando mais precisamos dele.

A delicadeza dos pequenos gestos

"A bondade é a delicadeza das almas grosseiras."

FERNANDO PESSOA

O encaminhamento de um paciente para um colega de outra especialidade é uma prática frequente na medicina moderna, cada vez mais multidisciplinar, especialmente em se tratando do paciente oncológico, mas também em outras áreas em que o concurso de um profissional especializado se torne indispensável.

O reconhecimento dos limites de atuação de cada especialista representa uma exigência ética inegociável em favor do paciente. Definido o colega mais qualificado para esta prestação de socorro assistencial, um relatório completo com todas as informações pertinentes deve ser entregue ao paciente para o agendamento da primeira consulta com o profissional indicado.

Neste relatório, confidencialidade e transparência são consideradas preceitos éticos inquestionáveis. A necessidade da participação de outro colega, vista como rotina pelo encaminhador (é sempre oportuno lembrar que a rotina entorpece a sensibilidade de um em relação ao sentimento do outro), exigirá um mínimo de empatia para perceber o inevitável aumento da ansiedade do paciente, porque, se houve a necessidade da participação de outro profissional para resolver o mesmo problema, por ter se tornado mais simples não deve ter sido.

Um aspecto importante, e raramente discutido, é a experiência vivenciada pelo paciente que, objetivamente, está deixando um médico que aprendera a gostar para encontrar um estranho de quem não sabe se gostará.

Geralmente se ignora que este hiato pode significar vários dias e noites de orfandade afetiva, que seria atenuada com um cuidado muito simples: um telefonema, uma simples comunicação virtual, na frente do paciente, antecipando a consulta futura, estabelecerá um vínculo afetivo, tênue, é verdade, mas que fará com que o próximo médico deixe de ser encarado como um completo desconhecido.

Lembro de uma jovem que operei de um tumor de mediastino e tinha necessidade de quimioterapia pós-operatória. Quando anunciei essa indicação, ela desatou num choro convulsivo, se negando a aceitar a recomendação. Liguei então ao oncologista dizendo que "estava encaminhando uma jovem chorona, que tinha um olho verde impressionante, e que ficava ainda mais lindo quando chorava, e que esperava que ele cuidasse dela com o mesmo carinho que dedicara a todos os outros pacientes", e ela parou de chorar imediatamente. Ao sair, depois de um abraço demorado, me agradeceu, dizendo: "Que bom que Deus te deu esses braços tão compridos!".

Foi quando mais me convenci do significado de um vínculo afetivo que, em condições de máxima vulnerabilidade emocional, não importa o quanto pareça frágil, fará toda a diferença.

Após o encaminhamento, o médico deve acompanhar a sequência do tratamento, mantendo-se informado sobre a evolução e estando disponível para esclarecer dúvidas ou fornecer orientações adicionais, se necessário.

Com esses cuidados, a figura do médico ficará arquivada na memória emocional daquela família como um apêndice de gratidão. Doce e definitiva.

A gratidão tem limites?

"Quem acolhe um benefício com gratidão paga a primeira prestação da sua dívida."

SÊNECA

O encaminhamento era para falar de transplante, e esta é sempre uma consulta demorada, porque mergulha-se num mundo de dúvidas, com muitas perguntas e uma pressa compreensível de vê-las respondidas, e de preferência com uma precisão matemática que não combina com ciência biológica, exposta a variáveis imprevisíveis.

Quase sempre o saldo da primeira entrevista beira a euforia, porque o basal de alguém necessitado de um transplante é sempre muito pobre e sofrido. Por experiência, aprendemos que a conversa de um candidato ao transplante com alguém já transplantado da mesma doença é o encontro mais produtivo que se possa oferecer.

Quando o Reinaldo agendou uma primeira consulta, encaminhado pelo clínico do grupo que procedera toda a avaliação e concluíra que ele era um bom candidato, as dúvidas mais comuns estavam resolvidas, mas ele trazia uma pergunta digna de um futurólogo: "Cinco anos é tudo do que eu preciso, o senhor me garante?".

Com cara de quem aprendeu que promessa é compromisso, e que o esquecimento é a salvação do falso profeta, repeti os números que ele já pesquisara no Google: "O senhor tem cerca de 70% de chance de estar vivo daqui a cinco anos". Com uma cabeça de empresário, a resposta foi rápida: "Por cinco anos, eu assino o contrato. Agora!".

Não lembro do restante da conversa, mas nunca vou esquecer de que, nove anos depois, tendo desenvolvido um linfoma perfeitamente tratável, mas relacionado às drogas indispensáveis para prevenir a rejeição, ele foi enfático na cobrança: "E daí, meu doutor, onde o nosso grupo maravilhoso descuidou, permitindo esta complicação?".

Como é sempre difícil retrucar sem ofender, e ainda digerir este combo de impotência nossa somada à ingratidão de quem recebera quase o dobro do pleiteado lá no início, coloquei o comentário na conta de quem estava sofrendo e fui embora, calado e carente. É preciso maturidade e equilíbrio emocional para conviver, sem se deprimir, com esta quebra de expectativa dos pacientes, que, como seres humanos normais, festejam qualquer promessa de tempo extra, mas não conseguem elaborar, sem pôr a culpa em alguém, quando este tempo acaba. E isso ocorre em todas as especialidades.

Os avanços extraordinários observados, por exemplo, da oncologia, promovendo sobrevidas longas e produtivas em portadores de cânceres até há pouco tempo intratáveis, têm produzido essas alternâncias de exultação pela vida retomada e de frustração na presença de uma eventual recidiva. Certo é que raros lembrarão de agradecer o tempo conquistado.

O agradecimento no sucesso tem menos valor, porque parece mais uma obrigação. Mas podem crer que existem pessoas tão superiores, que são capazes de agradecer a intenção de ajudar, mesmo quando dá tudo errado. E é por elas que recomeçamos. Todos os dias. Afinal, são as generosas signatárias do mais nobre dos sentimentos que nos impulsionam: a gratidão.

A impessoalidade encolhe a medicina

> *"Um amigo me chamou para ajudá-lo a cuidar da dor dele. Guardei a minha no bolso. E fui. Não por nobreza: cuidar dele faria com que eu me esquecesse de mim."*
>
> Caio Fernando Abreu,
> *Pequenas epifanias*

Durante o meu curso de medicina, muitas vezes ouvi de professores renomados que o médico não devia se aproximar emocionalmente do paciente porque isso lhe reduziria a imparcialidade do julgamento nas decisões mais difíceis.

Esta é uma das mais antigas e reiteradas falácias da antiga pedagogia médica. Como a nossa tendência é acreditar em tudo o que os mestres dizem, desperdicei um tempo precioso até perceber que o que me deixava tão desconfortável era, na verdade, uma teoria fajuta, pseudocientífica, propalada por médicos que, de tão rígidos de afeto, não conseguiam de nenhuma maneira desenvolver empatia com o paciente em sofrimento, e essa desculpa esfarrapada possivelmente lhes aliviava a sensação de culpa, se é que sentiam alguma.

Minha redenção, que já tinha começado durante a residência médica, quando percebi o quanto os pacientes gostavam de ser abraçados, se sacramentou ao me deparar com esta famosa frase de Hélio Pellegrino (1924-1988), um maravilhoso psiquiatra carioca que escreveu: "As pessoas adoecem por falta de relações pessoais sólidas. Se lhes oferecermos impessoalidade e neutralidade, daremos o que lhes provocou a doença. Temos que promover o encontro, e não existe encontro impessoal. Impessoal é o desencontro".

A recomendação de que o médico deve preservar a sua integridade emocional porque ela lhe dará condições plenas de melhor proteger quem está no turbilhão do sofrimento é uma obviedade. Assim também como se reconhece que o convívio prolongado com situações extremas de desespero e morte podem causar transtornos emocionais agudos, como a síndrome de burnout, atribuível a uma exagerada sobrecarga na nossa bagagem emocional, multiplicada pela sensação repetida de impotência, como se observou à exaustão durante a pandemia.

Mas não era dessa circunstância, felizmente rara, que se precaviam os arautos da impessoalidade. Falharam em convencer que devíamos manter uma independência protetora dos sentimentos dos pacientes, como se isso nos preservasse mais habilitados a ajudar.

Quem já adoeceu, e de alguma maneira se sentiu ameaçado, reconhece que nenhum socorro significa tanto quanto a parceria incondicional no sofrimento, essa que dá naturalidade ao abraço como um substituto natural do discurso. E que faz da disponibilidade permanente a afirmação de que não existe hora extra na tarefa, às vezes exaustiva, mas sempre gratificante, de cuidar do outro.

A presunção da culpa

"A morte de uma criança arrasta a vida de quem fica."

Desde a virada do século, e mais notadamente na última década, oficializou-se uma nova atividade humana, a do ócio raivoso, onde desfilam os oportunistas desocupados que transformaram as redes sociais em conselhos de sentença onde todos exercem, com espantoso ativismo, uma combinação rara: uma impressionante pobreza de espírito emoldurando um certificado de mau-caráter.

Para que se tenha ideia da iniquidade dessa horda, ela invariavelmente expressa a sua preciosa opinião através das frestas protegidas do manto da invisibilidade. Esse biombo moral lhe dá uma confortável sensação de ser inalcançável, um pré-requisito imprescindível aos covardes, incapazes de qualquer gesto presencial que exija uma ervilha de coragem. Sem desmerecer a ervilha.

Como arautos da certeza crítica, eles não sofrem com a dúvida, e poupados da preocupação com a verdade estarão igualmente imunes ao remorso. Esforçando-se para despistar o que são, arvoram-se na condição de influencers para os seus súditos, sempre ávidos da sabedoria gratuita. Usando o julgamento indiscriminado como hobby, selecionam aleatoriamente suas vítimas, e o fazem sem nenhum pudor com o tamanho do estrago que provocam, num denuncismo que, bem apurado, não é mais que uma tentativa mal ensaiada de desviar para olhos distraídos a degradante sensação de pária social que sistematicamente define o delator.

Estes tipos desprezíveis vestem a toga da ignorância e da indiferença e fazem desse tribunal a sua recreação preferida, onde descarregam suas mágoas, frustrações, recalques e desencantos. E, claro, estarão para sempre poupados do milagre de se tornarem dignos, pois sem empatia estará banida a desagradável possibilidade de culpa, última reserva técnica para emprestar alguma decência ao imprestável.

Para que uma acusação dessas viralize na mídia, com uma pungência que dispense investigação, nada é mais importante, para manter animada essa massa ignóbil, do que o despudor da pobre fatia da imprensa, que um dia muito apropriadamente se chamou de imprensa marrom (por alguma semelhança haverá de ter sido), sempre a chafurdar na lama da desventura alheia.

Os urubus das redes sociais destroçaram a figura humana de Eduardo Guimarães de Melo, um reconhecido cirurgião pediátrico de Teresina, onde exercia com brilhantismo a sua especialidade, no rastro da qual deixou mais de 20 mil famílias agradecidas. Pois agora condenou-se o seu elogioso passado à extinção, e o respeitável dr. Eduardo foi denunciado por homicídio culposo por um acidente cirúrgico, ao qual estão expostos todos os médicos treinados para a moderna medicina invasiva.

Como pessoa boa, que todos reconheciam ser, ele não resistiu à crueldade das acusações e ceifou a própria vida, como só conseguem fazer os perfeccionistas, que não se perdoam por sua falibilidade.

E com sua morte prematura ficou o desconforto de que, como sociedade, regredimos aos primeiros séculos da idade cristã, quando os romanos lotavam o Coliseu para vibrar selvagemente com os gladiadores trucidados em lutas sangrentas, para o deleite da elite social daquela época.

Constrange admitir que, 2 mil anos depois, neste arremedo de civilização, ainda haja quem se aproveite de qualquer brecha da fragilidade humana para externar a sua irretocável selvageria.

Que essa morte seja creditada à afoiteza irresponsável de julgamento porque, podem crer, os canalhas não se suicidam. Eles não sentem a vergonha que justifique esse gesto extremado, que deixou órfãos dois filhos de um pai que só queria acertar. O tempo todo.

O Eduardo não morreu sozinho, ele arrastou na sua imensa tristeza a dor que cada médico de verdade sente quando não consegue evitar que uma criança morra.

A solidão das pessoas mais simples

"Eu muito bem, vindo de trem de algum lugar,
E aí me dá como uma inveja dessa gente.
Que vai em frente sem nem ter com quem contar."

Chico Buarque,
"Gente humilde"

Sempre me comoveu o convívio com as pessoas mais humildes, e a certeza de descobrir nelas o afeto mais puro e uma capacidade incomparável de retribuir qualquer gesto minimamente generoso.

Ao contrário de muitos poderosos que agem como se o mundo fosse um imenso tapete vermelho à espera de que seus pés graciosos e gentis lhe concedam o privilégio de pisoteá-lo, os humildes têm uma subserviência comovente e por ela acreditam que as migalhas que recebem são sempre imerecidas e exageradas. E essa atitude humilde é universal.

No famoso relatório sobre o desenvolvimento humano do adulto, mantido pela Universidade de Harvard há mais de oitenta anos, a população estudada era formada por dois grupos socialmente distintos para eliminar os vieses atribuíveis à diferenciação sociocultural e econômica. Com esta preocupação, metade da população era formada por egressos de Harvard e a outra metade por empregados do porto de Boston.

A pesquisa teve início em 1938 e acompanhou a vida de 724 homens durante 76 anos, realizando questionários a cada dois anos sobre suas vidas, que incluíam a qualidade de seus casamentos, satisfação no trabalho e atividades sociais. Além disso, sua saúde física era monitorada a cada dois anos.

Robert Waldinger, o quarto gestor desse programa, quando apresentou os resultados dos primeiros 75 anos de seguimento desses grupos, referiu que muitas vezes ouviu dos integrantes do lado pobre da curva que eles estavam bem, e que os doutores não precisavam se preocupar tanto com eles. E então, com cara de deboche, ele comentou que nunca ouviu um tal pedido dos egressos de Harvard. Tudo indica que os bem-nascidos se acham merecedores de distinções e privilégios que, na maioria das vezes, não fizeram nada para merecer. Os pobres, no entanto, habituados com pouco, aparentemente consideravam um exagero o atendimento igualitário.

Das histórias mais comoventes que encontrei entre pacientes humildes das enfermarias do SUS foi a de um homem velho, com câncer avançado, que perguntado pelo residente que passava em visita rápida pela enfermaria como estava se sentindo, respondeu que, "graças a Deus, estou melhor e me sinto mais forte".

Quando o médico saiu, ele foi interpelado pelo vizinho de cama, que lhe perguntou: "Por que o senhor disse ao doutor que estava tudo bem, se ainda ontem o senhor confessou que sentia a morte se aproximando, porque estava cada vez mais fraco?".

“Porque os médicos jovens são iguais aos nossos netos. Eles não gostam de velhos queixosos. Se a gente tirar a esperança do doutor, ele se desinteressa da gente e não volta mais aqui.”

Na busca desesperada por acolhimento e proteção, esta mentira inocente lhe parecera um recurso válido. Antes que a inteligência artificial assuma o comando, como pretendem seus ardorosos propagadores, os médicos menos afeitos ao encanto de cuidadores já estão se desfazendo da inteligência emocional, esse atributo das almas sensíveis que deveria nos manter inalcançáveis à rigidez dos robôs.

Enquanto decidimos qual medicina é mais resolutiva, quem vai cuidar da solidão das pessoas mais simples?

Abrindo caminhos

"O progresso é a realização de utopias."
OSCAR WILDE

Há um conceito estabelecido: se um hospital se preparar, seriamente, para o transplante de órgãos e, se por alguma razão, não conseguir fazer nenhum, ainda assim terá resultado num grande investimento, porque a qualificação técnica indispensável ao transplante não é exclusiva para o procedimento, de tal maneira que, a partir daquele ponto, todos os pacientes que se internarem naquela instituição poderão usufruir dos recursos técnicos implantados.

Ao estímulo propulsor desse círculo virtuoso se convencionou chamar efeito locomotiva, servindo-se desta figura metafórica para ilustrar a conexão de muitos vagões de qualidade, que precisam ser agregados, antes que o trem do desbravamento seja posto em marcha.

O saudoso Ivo Nesralla despertou esse efeito no Instituto de Cardiologia do Rio Grande do Sul quando, por imparável obstinação, decidiu tornar real o sonho que a muitos pareceu delirante: retomar em Porto Alegre o transplante do coração no Brasil – no embalo da descoberta da ciclosporina no final dos anos 70, que por um melhor controle da rejeição mudou a história do transplante de órgãos no mundo.

A paternidade dessas conquistas invariavelmente está atrelada à teimosia de alguém que renunciou à zona de conforto, inconformado com a ideia de limitar o tamanho dos seus sonhos às mazelas do país em que nasceu sem ter escolhido.

Todos os que, de alguma maneira, se expuseram ao fascinante desafio de transplantar órgãos em um país desigual, com tantas limitações estruturais e tão reconhecidas formas de pobreza, incluindo (e muito) as espirituais, testaram incontáveis vezes suas coronárias, resistiram às afrontas burocráticas do subdesenvolvimento, foram os alvos preferidos dos que não fazendo nada não toleram que outros façam, e só sobreviveram porque tiveram a ventura de contar com a ajuda imprescindível, e silenciosa, dos melhores parceiros.

Foi inevitável pensar nisso acompanhando a repercussão, modesta se confrontada com o tamanho da proeza, do Valter Garcia, que, com seu jeito sereno e bem resolvido, anunciou a cifra de 6 mil transplantes de rim, alcançada no final de 2023. Só quem tem experiência com transplante poderá dimensionar o tamanho da tarefa, por qualquer que seja o parâmetro da medida, que pode ser, para simplificar, o número de noites sem dormir.

Uma conquista desse tamanho será sempre uma façanha de muitos, tendo em comum a obstinação para encarar todos os obstáculos sem nunca titubear, mesmo que sempre fosse mais fácil desistir.

Valter Garcia, como bom timoneiro, teve a coragem de puxar o cordão e a sabedoria de agrupar pessoas brilhantes, de personalidades diferentes, mas determinação idêntica. Ele sabe, e todos sabemos, que sem os talentos de Santo Paschoal Vitola, Guido Cantisani, Maria Lúcia Zanotelli, Elizete Keitel, Clotilde Garcia (a rainha do transplante pediátrico), e o incomparável Jorge Neumann, não teríamos o que comemorar.

Caberá sempre aos pioneiros desses projetos de vanguarda despertar nos herdeiros a gana indispensável para seguir adiante, não permitindo que as maravilhosas conquistas institucionais se transformem em homenagens saudosistas de um tempo pretérito, lembrado com orgulho pelo que foi, mas com nostalgia pelo que deixou de ser.

Foi por acreditar nas pessoas que a Santa Casa completou gloriosos 220 anos em 2023, embalada pelo entusiasmo frenético que espanta o pessimismo e coloca mais lenha no inferno dos descrentes.

As dores do elogio

"Podemos nos defender de um ataque, mas somos indefesos a um elogio."

Sigmund Freud

Existem poucas maneiras de se avaliar corretamente o grau de maturidade de alguém. Não dispomos de parâmetros confiáveis para afirmar que um candidato reconheceu seus limites, sem ufanismo ou sofrimento, mas como um produto genuíno de autoavaliação que dispense o discurso vazio das homenagens.

A verdadeira maturidade resulta da descoberta que, por mais que nos consideremos ótimos fazendo o que fazemos, sempre haverá por perto um danado, e em geral silencioso, que fará, ainda melhor do que nós, o que nos orgulhava tanto. E esta consciência arrastará todos os elogios que recebemos para o escaninho vexatório do exagero.

Além disso, a julgar pelo alto percentual de pessoas com dificuldade de elogiar seus pares, o elogio implica em um esforço sobre-humano. Como é politicamente correto elogiar, algumas propostas ficaram famosas como úteis em emergências, apesar de assumidamente cínicas, como a do genial Tancredo Neves, que recomendava que se elogiasse a própria esposa, quando alguém, querendo ser sedutor, não soubesse o que dizer.

Como é sempre simpático elogiar alguém, algumas recomendações são convenientes ao discursista de plantão que pretenda conservar um mínimo de credibilidade. Assim, não poupem adjetivos aos velhos que, pela inevitável redução da energia, se tornaram meros representantes do passado. Nesta fase da velhice sobram, nos discursos, as virtudes pretéritas. Essas que já significaram muito, mas agora, não ameaçam ninguém.

Neste tipo de reverência, que eu chamaria pré-póstuma, é comum que o orador, discorrendo sobre os grandes feitos do homenageado, cometa o deslize de rotular o veterano como alguém que "inspirou" muita gente. Supõe-se que depois desse atropelamento verbal toque um alarme em algum recanto da consciência, porque ele imediatamente corrige com um dissimulado "e continua inspirando", na expectativa de que não tenham percebido a gafe. Mas quem mais perceberá será a vítima, atingida por este ato falho como uma flechada cruel na sua já combalida autoestima.

Por todos os sobressaltos que frequentemente marcam esses discursos pretensamente elogiosos, mas que desprovidos de afeto mais deprimem do que encantam, a tradição recomenda que essas loas sejam arquivadas como cristais entre algodões, à espera paciente de que o merecedor delas morra.

A partir desse desfecho natural, o elogio se torna emotivo, justo e generoso. Quanto mais não seja, porque a morte tem esse poder depurador do nosso legado, misturando caridosamente a vida que tivemos com a que gostaríamos de ter tido.

Quando é inevitável que alguém seja elogiado em vida, porque a omissão do orador atestaria a inveja de quem ignorou o mérito, só há uma condição para atenuar o sofrimento de quem tem dificuldades de reconhecer as conquistas alheias sem sofrer por elas: que o homenageado more bem longe, de preferência em outro país.

A proximidade física e a tendência inevitável a comparações fazem com que o invejoso sinta uma dor de morte se for constrangido a elogiar. Como o elogio contrariado é primo-irmão da inveja espontânea, não seja ingênuo de esperar reconhecimento de quem está convencido de que o pódio não é lugar para você.

Então, que não se diga nada. A solidão do invejoso é um ótimo berço para a sua dor.

As imprevisíveis reações à dor

"A recordação da felicidade já não é felicidade.
A recordação da dor ainda é dor."

Lord Byron

Toda a cirurgia é, em princípio, dolorosa. O que não segue nenhuma cartilha é a resposta de cada operado, com queixas discrepantes, muitas vezes submetidos a procedimentos idênticos.

As primeiras descrições desse fenômeno de diversidade sensorial reportam a experiências com soldados em campos de batalha que chegavam aos hospitais americanos de retaguarda com as vísceras de fora, mas pouco queixosos por estarem vivos e porque, como sobreviventes, em breve estariam voltando para casa, para serem festejados como heróis.

Perfeitamente compreensível que usassem menos da metade da morfina exigida por pacientes das clínicas de luxo de Boston submetidos a cirurgias eletivas, muito onerosas e com ganhos menos ostensivos, e ainda carentes de comprovação.

Um importante atenuante da dor é a existência no processo de alguma barganha. É muitíssimo menor a queixa de dor de quem é operado para resolver, por exemplo, uma hemorragia com sua assustadora ameaça de morte, em comparação com quem tem indicação de remover um tumor assintomático, descoberto por acaso. Apesar de o diagnóstico precoce ser festejado pelo médico, essa contingência será sempre vista pelo paciente como uma agressão despropositada.

De todas as situações em que o fator emocional interfere, certamente a mais comovente é a da mãe que se submete a uma cirurgia torácica extremamente dolorosa para doar uma parte de seu pulmão ao filho amado, e que no pós-operatório dispensa sedativos porque, inacreditavelmente, não sente dor. Como se essa queixa, vista como menor no contexto, pudesse diminuir o tamanho de um dos maiores gestos de amor.

Uma das mais conhecidas lendas da solidariedade humana envolve dois soldados americanos num dos momentos mais críticos da Segunda Guerra, quando os aliados foram emboscados pelos nazistas em Dunquerque.

Um deles, gravemente ferido, foi carregado pelo outro por mais de dezesseis quilômetros em um campo nevado durante a noite.

Quando finalmente, ao amanhecer, chegou ao hospital com sua preciosa carga, o soldado foi saudado como herói. E quando lhe perguntaram como conseguira forças para carregá-lo durante tanto tempo e em condições tão adversas, ele simplesmente respondeu: "Mas ele não pesa nada. Ele é meu irmão!".

Aparentemente o amor incondicional é um poderoso analgésico, que brota espontâneo no coração dos amados. E como tudo o que é incontestável na origem, dispensa definições, e certamente não precisa de receituário com tarja preta.

As muitas faces do suicídio

"Entre o ódio e a vingança impossível,
nas almas fortes, está o suicídio."
CAMILO CASTELO BRANCO

Um interessante – e preocupante – simpósio sobre suicídio foi realizado recentemente na Academia Nacional de Medicina, coordenado pelo professor Antônio Egídio Nardi, uma autoridade no assunto.

O suicídio continua sendo uma das principais causas de morte em todo o mundo, de acordo com dados da Organização Mundial da Saúde (OMS). Todos os anos, mais pessoas morrem por suicídio do que por doenças como HIV, malária ou câncer de mama – ou guerras e homicídios. A propósito, em guerras como a do Iraque, mais soldados americanos morreram por suicídio do que em campo de batalha. Na última década, mais de 700 mil pessoas morreram por suicídio todos os anos, o que levou a OMS a produzir novas orientações para ajudar os países na prevenção dessa tragédia.

Assombra o crescimento de cerca de 200% em dez anos da taxa de suicídio entre crianças de 10 a 15 anos. Entre os jovens de 15 a 29 anos, o suicídio foi a terceira causa de morte depois de acidentes no trânsito e violência interpessoal.

Os homens morrem mais por suicídio do que mulheres (12,6 por cada 100 mil homens em comparação com 5,4 por cada 100 mil mulheres), ainda que as tentativas de suicídio sejam muito mais frequentes nas mulheres do que nos homens.

Grandes tragédias como a covid-19 aumentam a incidência de suicídio pelo somatório de fatores assumidamente de risco, como perda de emprego, estresse financeiro e isolamento social. O confinamento, por ser estimulante da depressão, certamente funciona como um gatilho para muitas dessas mortes intencionais.

As artes em geral, e especialmente a literatura e o cinema, têm alertado de maneira construtiva sobre a importância da informação no reconhecimento dos indícios da intenção suicida, que podem ser explícitos ou sutis, mas nunca devem ser ignorados. Praticamente sempre, com o suicídio consumado, vêm à lembrança atitudes ou frases aparentemente desconexas, que tinham a clara intenção de um pedido de socorro. Foi assim com um conhecido meu, que meses depois do suicídio do pai me confessou que se sentia muito culpado por ter desentendido o objetivo daquele conjunto de informações sobre finanças da família, e que ele, tolamente, interpretara como um sinal de ter finalmente granjeado a confiança do seu velho. A consciência tardia e irreparável de que aquela conversa era o anúncio da sua trágica decisão provavelmente o manterá culpado pelo resto da vida.

Outras vezes a intenção é completamente insuspeitada, como a de uma jovem que, conforme as câmeras do Centro de Transplante, entrou cantarolando no meio da tarde, e quando foi encontrada morta no banheiro tinha um revólver na mão ensanguentada e um bilhete: "Sou doadora de órgãos".

Quando comecei a trabalhar com transplante de pulmão fiquei chocado com a descoberta de desiludidos que, ao serem apresentados ao programa de preparação para que se tornassem os melhores candidatos ao sucesso do procedimento, assumiam que não tinham ânimo para enfrentar aquelas exigências disciplinares. Davam a entender que, no fundo, não se interessavam pela batalha por uma vida infeliz da qual não tinham tido coragem de se livrar pelo suicídio.

Para quem gosta de viver parecerá sempre um absurdo que alguém, no máximo da desmotivação, simplesmente transfira para uma doença a responsabilidade de dar um fim ao sofrimento, e que a natureza, toda experiente e poderosa, tome as devidas providências para que o desfecho exima a todos do desconfortável sentimento de culpa.

Aprendi que na seleção do melhor candidato ao transplante nada é mais importante do que a equação: amor para dar e amor para receber. E que a reciprocidade de afeto é o melhor antídoto para o suicídio, porque mantém aceso o sentido da vida, que define a fronteira, muitas vezes estreita e traiçoeira, entre carregar a vida no peito ou ser arrastado por ela.

As perdas na infância doem mais

"Quando era criança, meu avô segurava a minha mão. Depois que envelheci, nunca mais soltei a mão dele."

Affonso Tarantino

É verdade que se conservássemos intactas a inocência e a ingenuidade das crianças, naufragaríamos no mundo hostil e competitivo que a idade madura nos reserva. Mas seria ótimo que, num mundo ideal, pudéssemos evitar essa "evolução" que, com o rótulo de maturidade, nos embrutece. Por fantasia, as crianças têm pressa em se tornarem adultos, porque ignoram as maravilhas que deixarão pelo caminho. E os pais que festejavam vê-los adolescentes responsáveis logo descobrirão que, a partir da conquista da autonomia pela prole, toda a contribuição deles estará limitada à torcida silenciosa para que as crias deem certo e, por favor, que não repitam todos os erros que cometemos.

Os relatos que se seguem poderão ser entendidos como uma exaltação à espécie humana na sua condição mais pura: a infância. Circulando por um abrigo da prefeitura, onde se acomodavam quase duzentos flagelados da enchente, surpreendi um menino com um peixinho morto num copo d'água, que ele segurava com as duas mãozinhas de unhas sujas. O peixe, trazido pela enxurrada, tinha sido lavado da lama e colocado num copo de água limpa. De quando em quando, ele cutucava o dorso do peixinho na expectativa de que ele reagisse, e a falta de resposta explicava a tristeza do olhar quando ele perguntou: "Ele está morto, não é tio?". Percebendo a sua tristeza, quis animá-lo: "Sim, está, mas se todos fizessem como você, muitos peixinhos teriam sido salvos". Ele quase sorriu, mas quis confirmar: "A gente não pode soltar a mão da mãe, não é tio?". Fiquei imaginando quantas vezes aquele pingo de gente ouviu essa recomendação desesperada enquanto eram resgatados da correnteza, na noite escura.

Um casal porto-alegrense, com a filha de quatro anos, abandonou o caos em que se transformou a cidade e foi se refugiar no sossego da casa da praia. No segundo dia, impressionada com o silêncio que contrastava com o burburinho da cidade agitada pelo ruído frenético dos helicópteros e das sirenes das ambulâncias, a garotinha comentou: "Acho que agora as pessoas pararam de morrer".

Mário Corso, que contou essa história com sua sensibilidade habitual, reforçou a importância de que os pais tenham tempo e sensibilidade para ouvir os filhos, porque senão eles construirão uma narrativa própria, com frequência pior que a realidade. Nesta história foi redentora a informação do pai ao explicar à filhota que o ruído na cidade, na verdade, significava que pessoas estavam sendo salvas. Com essa mensagem, o luto inevitável depois de qualquer perda se encerrará com a euforia do fim da catástrofe.

E sem recaídas.

Em contraste, a persistência das fantasias ficou reverberando no Duda, um garotinho que, na fragilidade emocional de seus oito aninhos, viveu o horror da orfandade com a morte do pai num acidente, justo na idade em que o pai é o super-herói insubstituível. Tempos depois, caiu do telhado, fez um trauma abdominal severo, foi operado às pressas pelo dr. Octavio Vaz, um brilhante cirurgião carioca, e se recuperou rapidamente. Passou a ser acompanhado no ambulatório pelo cirurgião, que se encantara com a inteligência luminosa escondida atrás daquela carinha linda. Numa dessas revisões, a mãe confessou ao dr. Octavio estar preocupada com a frequência com que o Duda vinha sofrendo acidentes de gravidades variáveis. Levantada a suspeita pela percepção de um médico sensível, o Duda foi encaminhado a uma psicóloga. E então, o distúrbio emocional, sequela torturante de um luto não resolvido, escancarou-se: o menino, na solidão multiplicada pela orfandade, fantasiava que a morte era o único jeito de reencontrar o pai.

Bondade pura

"Não é preciso que a bondade se mostre; mas sim que se deixe ver."

PLATÃO

O chamado que recebi da emergência cirúrgica da velha Santa Casa dos anos 80 se deveu à presença, na admissão, de uma velhinha encurvada, de pelo menos 75 anos, com grande dificuldade para caminhar. Vinha apoiada no braço de uma mulher mais jovem, com aspecto igualmente humilde, e foi acomodada numa cadeira, com a queixa de dor no tórax, tão forte que lhe oprimia a respiração.

Como a paciente tinha muita dificuldade de responder as perguntas iniciais, dirigi o interrogatório para a acompanhante que, logo percebi, sabia muito pouco da real condição da paciente.

A entrevista não avançava porque a socorrista era muito econômica nas palavras, apesar da minha insistência:

"A senhora é filha dela?"

"Não, não sou."

"Parente, amiga, vizinha?"

"Nada disso."

Não sei bem por quê, mas aquele diálogo travado provocou uma certa irritação que não consegui dissimular.

“Por favor, a senhora me ajude a entender, porque só assim vou conseguir ajudar!”

E tudo piorou com a resposta: “Eu não quero que o senhor fique bravo, mas o senhor só me pergunta coisas que eu não sei responder”.

“Pelo menos, a senhora sabe o nome dela, ou nem isso?”

“Acho que é Nelsi, mas não tenho certeza, porque quando eu perguntei ela estava gemendo muito.”

Com a situação cada vez mais complicada, a paciência terminou:

“Mas e quem é a senhora, afinal, que é a acompanhante de alguém, mas não tem a menor noção de quem seja?”

“Ah, seu doutor, eu sou a Marinalva, mas todo mundo me chama de Mari. No começo eu não gostava, mas agora que me acostumei, até gosto.”

“Muito bem, dona Marinalva, vamos começar de novo. Qual é a sua relação com esta vozinha que a senhora acha que é a Nelsi, mas pode ser que não seja?”

“Assim, relação, relação mesmo, a gente não tinha, até que lá na Estação Rodoviária ela me pediu que a ajudasse a encontrar um lugar para se sentar, porque ela não aguentava mais ficar em pé de tanta dor nas costas. Achamos um banco e aí fiquei conversando com ela, até que a dor passou. O que ela me contou é que tinha vindo de Caçapava para encontrar o filho, que não sei por que não apareceu. Bom, eu não ia deixar a coitada lá, sozinha, porque fiquei meio que com pena dela, porque isso de filho não aparecer judia da gente, né, doutor? Não sei quanto tempo passou, acho que umas três ou quatro horas, quando a dor voltou e achei que o melhor era trazer ela aqui pra Santa Casa, porque alguém ia cuidar dela. Eu não queria que o senhor se chateasse, mas se pudesse dar um jeito nessa dor dela, eu ficava meio que bem agradecida!"

Senti vontade de abraçar a Marinalva, mas parei no elogio quando percebi, constrangido, minha dificuldade de aceitar que alguém se dispusesse a socorrer um desconhecido pelo simples prazer de ajudar e resolvi remendar: "Que bonito o seu gesto. Se vê que a senhora é gente boa, e o mundo precisa de mais pessoas assim".

E me dei mal: "Eu não sou essas coisas que o senhor falou. É só que eu morro de pena quando vejo uma pessoa velha, abandonada".

O direito de morrer

"A versão contemporânea do inferno
é a perda do direito de morrer."
Luís Felipe Pondé

Como sempre, o mais fascinante do relacionamento humano é o imprevisível das nossas reações, atribuível à decantada originalidade das pessoas, o que torna a profissão médica tão rica e deslumbrante.

Essa diversidade de atitudes se revela muitas vezes em situações dramáticas de risco e ameaças de morte. Isso pode ser comprovado pela originalidade da resposta diante de uma pergunta rotineira na entrevista usual com um paciente gravemente enfermo: "Como o senhor está hoje?". Quando o paciente responde: "Um pouco melhor, doutor!", quatro hipóteses podem estar por trás dessa resposta:

- Ele pode estar exercendo o sagrado direito à negação que, mesmo sendo um antídoto precário, adia temporariamente o desagradável, e vamos convir que só os masoquistas têm pressa de sofrer.
- Percebendo a morte iminente, não quer se expor ao discurso falacioso de um profissional, geralmente condicionado à omissão.

- Ele está poupando o médico do desafio de discutir o irreparável.
- O paciente ainda não confia que o médico seja capaz de ajudá-lo, então não há razão para transformá-lo em confidente inútil.

Aqueles poucos que, antevendo o desfecho, no estágio da revolta, resolvem discutir a evidência de estar morrendo, impõem um desafio inexcedível para a maturidade médica, a exigir uma atitude realista e solidária, poupando o paciente terminal da maior forma de sofrimento: a da solidão na doença. Essa, que foi magistralmente descrita por Leon Tolstói no seu livro *A morte de Ivan Ilitch*, em que ele relata a experiência inexcedível em sofrimento na qual um paciente inteligente e lúcido acompanha dia a dia sua decomposição física (a descrição do choque que Ivan tem ao mirar-se caquético no espelho é comovente), e a família e os médicos só fazem mentir, como se fosse possível ele não perceber a morte se avizinhando.

O retardo do reconhecimento da medicina paliativa como área de atuação médica no Brasil (2011) na comparação com o Reino Unido (1985), atesta a nossa dificuldade de admitir a naturalidade da morte, negligenciando os cuidados que merecerão centenas de milhares de brasileiros que morrerão de morte anunciada em 2024, e que deveríamos, idealmente, garantir um final livre de dor, de culpa e de falta de ar, e rodeado das pessoas que realmente sentirão a sua falta.

A representação mais adequada para o fim da vida é a de um beco sem saída. Essa imagem metafórica representa bem essa contingência que associada à morte do futuro anuncia o único movimento possível: o da retrospecção em que prevalece sempre a necessidade do perdão.

Quando o médico se oferece para ser o parceiro nesta intermediação, ele está alçando voo em direção ao ápice que essa maravilhosa profissão pode atingir: a disponibilidade total para o cuidado máximo do ser humano no seu limite de carência e vulnerabilidade.

Os limites da verdade

"As pessoas que falam muito acabam mentindo, porque esgotam o estoque de verdades."

Millôr Fernandes

Prevalecendo o conceito clássico de que a verdade sempre aparece, devia ser obrigatória a recomendação de defendê-la sempre, considerando o quanto seria constrangedor descobrir, em algum momento futuro, que estivemos o tempo todo do lado errado da questão.

Claro que o constrangimento disso resultante será uma exclusividade das pessoas de boa índole, aquelas que motivaram a publicação dessa crônica. E que em nada se parecem com os limitados de caráter, sempre enredados em escusas fabricadas, contextos falsos e vieses convenientes.

Normalmente vista como a vilã dos relacionamentos pessoais, a mentira existe, em muito, porque nos ajuda a cumprir um propósito essencial: a convivência harmoniosa em sociedade. Não seria um exagero chamá-la de mentira do bem, por quanto pode significar de preservação da dignidade, que para os desprovidos amiúde representa a única e pífia justificativa para a sobrevivência.

Certamente o mundo sem mentiras teria muitas vantagens: (1) os políticos teriam que encontrar virtudes verdadeiras, (2) os compromissos seriam respeitados, (3) ninguém manteria segredos, e (4) a traição não existiria.

Na essência, todos desejamos que as pessoas nos tratem com sinceridade, mas intimamente tememos o supersincero, uma figura sempre assustadora. Para quem acha relaxante o convívio com a verdade, uma recomendação útil: retenha toda a informação bombástica até comprovar sua autenticidade. Sites como Snopes e FactCheck.org podem ajudar.

Uma dúvida constante é o quanto estamos, de fato, preparados para a sinceridade absoluta, porque, sem mentiras, você teria que ouvir com naturalidade o que os outros pensam da sua aparência, das suas opiniões, dos seus amores e, que desagradável, do seu desempenho profissional.

Todos admitem que a mentira pode ser uma bengala para a autoestima. Em consequência, quase nada do que se publica, por exemplo, em sites de relacionamento, é verdadeiro. Uma pesquisa baseada em uma rede social na Califórnia mostrou que os homens eram, em média, cinco centímetros mais baixos e as mulheres estavam seis quilos acima do peso anunciado.

Como a verdade está atrelada à palavra, ficamos sempre à mercê do jeito de dizer, com termos conciliadores ou belicosos, que fluirão condicionados a gatilhos de risco, como preconceito, intolerância, sequelas emocionais ou, simplesmente, cansaço.

Com uma visão isenta, é fácil concluir que dois predicados frequentes tornam a verdade uma ameaça ao convívio social amistoso: a verdade absoluta e a verdade permanente.

A fonte de intolerância mais antiga é o contador de vantagens, um tipo frequente em reuniões sociais e quase obrigatório em entrevistas de emprego. Como era de esperar, essa intolerância aumenta com a velhice, porque parece cada vez mais irritante que alguém suponha que, apesar de tudo o que a idade ensina, ainda sejamos impressionáveis.

Por outro lado, a prática da verdade tem significado diverso em diferentes ambientes, usando-se como extremos a fidelização à verdade nas pesquisas científicas, onde a falsidade é repudiada com veemência máxima por quanto representa de malefício para a sociedade, e a permissividade sem filtro das redes sociais, que rapidamente se revelaram os celeiros das notícias falsas, com o descompromisso moral de quem não se importa que uma mentira possa destruir uma família ou emporcalhar uma biografia.

Em medicina, especialmente em condições extremas, a verdade é empregada até o limite em que, por aspereza, possa comprometer a esperança. Perceber a diferença entre verdade total e verdade útil, em prol do paciente, é puro talento médico.

Com as emoções intactas

O avô carinhoso e afetivo só queria aumentar o tempo de interação com o netinho de sete anos, sua paixão. O caminho que lhe pareceu mais curto foi aprender a jogar video game, que mantinha o garoto completamente alienado. Depois das primeiras lições e algumas tentativas bisonhas de competição, a impaciência do garotinho prevaleceu, ainda que com resquícios de doçura: "Vô, você sempre foi ruim assim ou piorou quando ficou velhinho?".

A questão não é a suposta decrepitude do avô, que riu muito da pergunta, mas do quanto esse cérebro, promissor, mas imaturo, isolado no mundo abstrato, possa estar sacrificando a sua inata inteligência emocional.

A neurociência tem revelado que o cérebro não é um órgão estático como se imaginava algumas décadas atrás. Pelo contrário, ele é um órgão dinâmico, sujeito às transformações decorrentes de estímulos os mais variados. Toda a estimulação acelera o desenvolvimento de novas conexões (sinapses), o que explica o desenvolvimento exponencial de novas habilidades em crianças e adolescentes que estão crescendo na fascinante era da tecnologia digital. Da mesma maneira, a tendência irrefreável à competição empurra-os na busca de novos rivais, trazidos para a tela do computador com a presteza com que, no passado, se desafiava um vizinho de porta, mesmo que ele viva do outro lado do mundo e fale um idioma desconhecido.

A discussão que se impõe nesse momento de encantamento com a inteligência artificial é do quanto ela pode contribuir para moldar o funcionamento do cérebro em desenvolvimento, tornando-o adequado ao convívio social.

Isso sim devia ser, se ainda não é, uma preocupação contemporânea intransferível, se considerarmos que todas as pesquisas de avaliação de felicidade demonstram que ela é quase uma exclusividade das pessoas que mantêm boas relações pessoais, familiares ou comunitárias. É obrigatório que pensemos, friamente, sobre o quanto a identificação com a atividade robotizada da inteligência artificial contribuirá para a produção de modelos humanos aptos à felicidade. Parece temerária, para o futuro, a figura do adolescente recluso, exímio digitador, mas incapaz de redigir um texto simples que exprima emoção, ou de sustentar uma relação afetiva comum, dessas de carne e osso.

O novo sempre é fascinante, mas certamente não será o adolescente imaturo, envolvido no processo de perseguição a uma ideia sedutora, o árbitro mais adequado para estabelecer limites do que é adequado.

Não se trata de negar o óbvio: a inteligência artificial veio para ficar, e nossa sobrevivência funcional dependerá da nossa capacidade de adaptação, utilizando-a como uma parceira preciosa, mas sem a ameaça de substituição. Nos consultórios médicos, por exemplo, cada vez mais seremos três elementos interdependentes: um ser em sofrimento, um banco de dados inexcedível e silencioso, e um especialista em sentimentos humanos.

Talvez devêssemos acrescentar um prudente "por enquanto", mas será assim enquanto a complexidade desses sentimentos, que nos fascinam e dão a cada humano a sensação de ser único, não forem passíveis de inclusão nos algoritmos rígidos da inteligência artificial.

Para que não pareça uma implicância negacionista, quando se consulta o ChatGPT, ele prudentemente adverte que:

- A IA pode ter dificuldade em entender nuances e contextos complexos, como ironia, sarcasmo ou emoções humanas profundas.
- Embora a IA possa gerar conteúdo criativo, como textos, imagens e músicas, a originalidade e a profundidade das ideias muitas vezes não se igualam à criatividade humana.
- A IA pode analisar dados e fornecer recomendações, mas não possui o julgamento moral que os humanos têm, podendo falhar em situações que exigem empatia ou valores éticos.

Não podemos ser negligentes e oferecer às gerações futuras uma chance de felicidade menor do que a nossa geração pôde desfrutar e que, se não alcançou, não foi por falta da parceria amorosa gerada pelo nosso cérebro original. Esse que, aparentemente atordoado pela complexidade dos sentimentos humanos, ainda não se sentiu capacitado a repassá-los aos inflexíveis algoritmos da máquina. Mas, com certeza, vai continuar tentando, porque é da sua natureza não desistir.

Como fazer feliz a quem cuida?

"Onde quer que a arte da medicina seja exercida, haverá também amor pela humanidade."

HIPÓCRATES

Os pacientes querem ser bem atendidos, de preferência por médicos sorridentes e amistosos. Raramente encontrei, mesmo em doentes amorosos, unzinho que se preocupasse, de fato, com o estado de espírito do médico, desde que naturalmente isso não comprometa o cuidado de quem é realmente importante nesta relação, ou seja, ele.

Muito mais provável é que, se o doutor aparecer emburrado ou simplesmente triste (aos olhos de quem está do outro lado é a mesma coisa), algum resmungo seja emitido. O cuidado bilateral é tão incomum que, para não ser injusto, sempre lembro da Maria de Lourdes, que mesmo estando muito doente, me vendo triste, ofereceu socorro: "Meu doutor, se houver alguma coisa que eu possa ajudar, me diga, porque aqui no hospital ando meio sem nada pra fazer!".

O médico foi treinado para cuidar, mas como um mero ser humano fabricado em série, tem lá suas depressões, tristezas e carências, para as quais uma palavra, um gesto e, no extremo da bondade, um abraço, faria toda a diferença. E com um mínimo de perspicácia concluiríamos que proteger o humor de quem cuida é blindar de afeto a relação não amorosa mais densa que existe: a do paciente com o cuidador das suas dores.

A dimensão da frequente falta de reciprocidade afetiva pôde ser avaliada num questionário promovido pela Universidade de Columbia (EUA) entre especialistas de áreas diversas. Muito preocupante é a constatação de que em todas as especialidades menos da metade dos entrevistados se confessaram felizes com o que fazem.

Os dermatologistas, os mais contentes, ficaram entre 43% dos médicos felizes, os oncologistas 36%, enquanto os cirurgiões 34%, e os profissionais das emergências 32%. É muito provável que parte da gênese dessa turbulência afetiva esteja lá atrás, quando, numa fase da vida marcada pela ingenuidade, jovens ambiciosos tenham escolhido a medicina, movidos pela fantasia, cada vez mais decepcionante, do enriquecimento fácil.

O choque de realidade ao se deparar com um mercado vil explica o mau humor e os altos índices de drogadição, alcoolismo, instabilidade amorosa, burnout e suicídio entre médicos jovens. A proliferação criminosa de muitas faculdades de medicina, algumas sem hospital-escola, nivelou e continuará nivelando por baixo o trabalho médico, transformando uma tarefa originalmente nobre num serviço tenso e aviltante.

E as ameaças não param de crescer e se renovar, incluindo a telemedicina e a inteligência artificial, onde se antecipa que os computadores, ricamente abastecidos, farão diagnósticos mais rápidos e mais precisos do que os médicos comuns, esses mortais, sempre consumidos pelo sentimento massacrante da dúvida. Curiosamente, os robôs serão tão mais eficientes quanto melhor tenham sido alimentados. E por quem? Pelos médicos, que, se tudo funcionar como se antecipa, logo adiante serão considerados dispensáveis.

Enquanto o futuro não se define, talvez tenhamos que dar razão ao grande Rubens Alves, que há quinze anos antecipou: "O médico se transformou numa unidade biopsicológica móvel, portadora de conhecimentos especializados e que vende serviços".

Mas claro que o discurso pessimista não é universal. Mesmo com todos os "avanços" consolidados, a relação médico-paciente ainda sobreviverá, por resistência daqueles abnegados que, por gostarem de gente, estarem contaminados pelo prazer de ajudar e, felizmente, não saberem viver de outro jeito, se opõem aos algoritmos frios da medicina baseada em evidências, que não consegue repassar para o robô a trilha mágica dos sentimentos humanos. Um portal que só dá senha de acesso a quem seja capaz de chorar. Sem se esconder.

Como será que seremos?

"A coragem é a maior das virtudes humanas porque garante todas as outras."

WINSTON CHURCHILL

Tenho dúvidas se sairemos melhores desta catástrofe, mas tenho certeza de que sairemos diferentes. E que ninguém que tenha tido a sorte de ser poupado pretenda recomeçar a vida como se nada tivesse acontecido. Foi uma prova agressiva demais para ser considerada como uma mera intercorrência na vidinha monótona, da qual nos queixávamos por não saber valorizar a mesmice serena e previsível de um dia a dia sem sobressaltos.

Claro que o sentimento daqueles que moram fora das zonas de risco não podem ser comparados ao trauma de quem assistiu a vida sendo arrastada pela correnteza feroz.

Mas, no contexto geral, resultaram duas populações distintas: a dos que foram resgatados da avalanche de águas fétidas e agradeciam sem parar, e a dos que se queixaram da falta de água e de luz, e quando uma voltou antes da outra, tiveram que se submeter (veja só!) à tortura desumana de um banho frio. É exatamente nessa discrepância abismal de atitudes entre ególatras e flagelados que começam a aparecer as diferenças de humanismo, maturidade e resiliência.

Essa, aliás, é uma das habilidades marcantes das grandes tragédias: a separação entre os que saem de casa em busca de algum voluntariado que lhes atenue a sensação de impotência e os que fixam o olhar no único umbigo que lhes interessa.

Como o caráter de cada um tem um gatilho muito rápido para revelar o portador, chama a atenção a disponibilidade dos bons para contribuir, e os oportunistas, que só pensam em aproveitar qualquer holofote para aparecer. Como o autor de um bizarro comício em torno de um purificador de água, que o divulgou empolgado e ofereceu à claque que o rodeava, mas, descuidado, não bebeu antes que o vídeo terminasse.

Como a diversidade é uma marca da espécie, começaram a surgir algumas excrescências, como a dos que, nada fazendo, se irritam com quem o faça, e mais, uma variante patética, a dos que esbravejaram de uma indignação que parecia sincera ao saberem que uma milionária fretara um avião para trazer alimentos, quando, na opinião oligofrênica do obtuso, devia ter usado o dinheiro gasto com esse aluguel para contratar uma frota de caminhões, mesmo que isso obrigasse a fome dos incautos a um alongamento do jejum já insustentável.

A desgraça macroscópica já devia ser suficiente, não precisava de tantos requintes de crueldade. Não há como não se deprimir com gente assaltando voluntários, e voluntários sumindo com doações, e o pobre dependente químico escolhendo os donativos mais valiosos para trocar por crack na saída do ginásio.

Quando o caos consegue ser também moral, nosso ânimo esmorece. E isso explica o despertar nas madrugadas de um sono mal resolvido, só para confirmar que não foi um pesadelo, aquilo está mesmo acontecendo. Tempos difíceis de levantar toda manhã e sair para a vida, essa que não precisava ser sempre tão real.

Felizmente, os imprestáveis, por serem barulhentos, dão a falsa impressão de majoritários, mas são, e sempre serão, insignificantes. Então, fiquemos com as coisas boas, como a atitude comovente do Atlético Mineiro, que encheu sua arena com torcedores que naquele dia deveriam assistir ao jogo com o Grêmio, e vendeu ingressos para 36 mil mineiros dispostos a ajudar gaúchos flagelados, que nunca terão a chance de abraçá-los em agradecimento. Ou como Wilson Paim, que com a sensibilidade incomparável do seu poema/oração, colocou o Rio Grande inteiro a lacrimejar.

Felizmente, nós gaúchos somos muito mais do que as coisas ruins que nos acontecem, e forjados num histórico de lutas, é certo que sairemos dessa. E do nosso jeito gaudério, de braços dados, silenciosos e tristes, mas agradecidos e confiantes de que a velha garra charrua que nos trouxe até aqui, essa nenhuma correnteza arrastará.

De mal com a natureza

"Trate bem a natureza, mas não espere que ela retribua."

Placa remanescente numa ilha do Sudeste do Pacífico, varrida por um tsunami.

Durante uma catástrofe, sempre me impressionou o caráter absolutamente aleatório da seleção das vítimas, muitas vezes deixando naqueles que sobreviveram sem sequelas uma sensação subliminar de "culpa", especialmente porque a população mais atingida é, claramente, a que tem menos recursos para saltar obstáculos e recomeçar.

Quando a crise foi sanitária, a distribuição do sofrimento, ainda que mais equânime na origem, logo adiante restabeleceu o desequilíbrio, quando a boa condição econômica dos privilegiados permitiu socorro hospitalar em unidades de terapia intensiva mais sofisticadas, onde as mortes evitáveis puderam, mais vezes, ser evitadas.

Mas como o tema da desigualdade se presta para todo tipo de discurso, seja ele solidário, assertivo, hipócrita ou demagógico, vamos tratar de depurá-lo, eliminando o viés político, com o objetivo primordial de isenção.

No intuito de entender um pouco mais as razões do acontecido, surpreende a abundância do inexplicável, pois quase nada se encaixa quando se evocam as causas da catástrofe climática. E que foram, segundo os entendidos, terrivelmente negligenciadas, apesar de facilmente identificadas pelos profetas do acontecido como fatores predisponentes. Claro que ninguém se deu ao trabalho de explicar por que um fenômeno idêntico ocorreu em 1941, quando nenhum dos tais agentes causais estava presente, e a natureza ainda não tinha os ranços atuais de vingança. Naquele tempo em que a gente, com a inocência desprotegida, até considerava o ruído da chuva como um doce entorpecente dos céus.

A duras penas aprendemos que nem tudo o que acontece pode ser explicado pela ecologia. Verdade que nos tornamos mais prevenidos, dispondo de recursos técnicos mais sofisticados, que permitem, por exemplo, saber que em um determinado dia da semana próxima, entre as 12 e as 14 horas vamos ter, finalmente, sol. O que, francamente, quase esquecemos do quanto era bom.

Treinado a cuidar de pessoas que sofrem, me limito a tentar entender de onde elas tiram tanta submissão e persistem batalhando pela sobrevivência, mesmo depois de ter perdido a casa em setembro do ano passado, buscado força para reconstruir e mobiliar, e neste maio que não precisava ter existido, ver outra vez tudo ser arrastado pela correnteza, levando de roldão tudo o que tinham comprado em prestações que terão que ser pagas duas vezes, tudo para continuar não tendo um cantinho para onde voltar. E ainda encontrar motivação para acordar pela manhã na casa emprestada do familiar e sair para o trabalho, com a esperança fantasiada de certeza de que as coisas finalmente irão melhorar.

Depuração de nossas virtudes

"O primeiro pecado da humanidade foi a fé; a primeira virtude foi a dúvida."

Carl Sagan

Se considerarmos que tendemos à sinceridade quando estamos ameaçados por uma coisa tão assustadora quanto à possibilidade de morrer, vamos admitir que a saúde plena nos dá a chance de escolher o que gostaríamos de ser naquele dia, enquanto a doença é uma implacável delatora do que somos, o tempo todo.

Fragilizados emocionalmente, tornamo-nos mais transparentes e, portanto, vulneráveis, o que permite que o médico experiente, tendo sido muitas vezes o interlocutor central desse momento dramático, tenha ao seu dispor a oportunidade ímpar de se transformar em um especialista em gente, desde que esteja disposto a ouvir e disponível para compartilhar sentimentos. Nesse universo intangível, com alguma sensibilidade, existe até a chance de aprendermos a classificar as pessoas e, a partir daí, considerando que elas reagirão obrigatoriamente de acordo com o caráter de cada um, que cheguemos a um nível de sofisticação de prever a reação em cada circunstância.

Admito que não levei muita fé quando, pela primeira vez, ouvi meu avô dizer que quando nos decepcionamos com alguém é por culpa nossa, por tê-lo classificado mal e, a partir de premissas equivocadas, alimentado falsas expectativas. Exageros à parte, a vida em sociedade oferece múltiplas chances para testarmos a acuidade dos nossos julgamentos. Como, por exemplo, quando entrevistamos alguém, candidato a algum cargo ou função e há, com frequência, a consciência de que a tal conquista depende de nossa aprovação. Não conheço melhor situação para identificar a maturidade de algum candidato do que manter-se fiel ao que ele de fato é. Claro que não se espera que alguém candidato a uma vaga tenha uma crise de sinceridade extrema e anuncie uma relação de defeitos que e o deprime. Mas no extremo oposto parece incontrolável a tendência de autoexaltação das melhores virtudes. É evidente que esse candidato está convencido que convencerá, mas um pouco de senso crítico aconselha a moderar a autopromoção, porque de alguma maneira ela incomoda o entrevistador.

Lembro sempre do veterano empresário que entrevistava um candidato a executivo, e depois de ouvi-lo em abnegado silêncio durante quinze minutos, lhe perguntou: "A que o senhor atribui a injustiça de, nesses 45 anos, ninguém ainda ter reconhecido essa sua tão notável coleção de qualidades?".

Os famosos, quando maduros, admitem que nada é mais fácil do que o exercício da humildade no sucesso. Mas há claramente a noção equivocada de que devemos impressionar o entrevistador, dando a ele a noção aguda da maravilha que somos.

As atitudes que ilustram os modelos mais corriqueiros podem ser sintetizadas em: os impressionantes, os impressionáveis e os que supõem que podem impressionar.

Nos extremos da curva estão os impressionantes, que sabem que nada vale mais que a autenticidade, e os impressionáveis, que assumem na atitude deslumbrada uma posição de inferioridade. E, correndo por fora, os incautos, que ainda não perceberam o quanto falar bem de si mesmo é contraproducente, na medida que transfere ao entrevistador a pecha de influenciável. Ou seja, um tolo.

E lembre-se de que um pré-requisito para quem tenha que tomar decisões é não ser influenciável por aparências. Então contenha o seu exibicionismo, porque quando ele é parte da primeira impressão, até as virtudes reais ficam ofuscadas.

Desistir, nem pensar

"Vencedores não são pessoas que nunca falham, são pessoas que nunca desistem."

EDWIN LOUIS COLE

O curso "Medicina da Pessoa", promovido pela Universidade Federal de Ciências da Saúde de Porto Alegre (UFCSPA), com o apoio do Centro de Ensino e Pesquisa da Santa Casa, Simers e Cremers, tem a perspectiva de estimular a inteligência emocional, para que o médico jovem possa utilizá-la a seu favor no cuidado dos pacientes, sempre ávidos de afeto. Não se tem nenhuma intenção de doutrinar quem quer que seja, até porque seria mais que ingenuidade, depois de cinquenta anos de magistério, supor que se possa modificar a conduta afetiva de adultos, ou seja, esses tipos plenos de convicções e certezas.

O apoio anunciado a esse curso por quarenta das melhores faculdades médicas do Brasil propiciou a inscrição de 1.013 alunos, o que é, em princípio, gratificante. Mas se analisarmos a relação entre o número de alunos matriculados nas faculdades de origem e os inscritos no curso, concluiremos que o "Medicina da Pessoa" pode ser visto, pelos de pouca fé, como uma quinquilharia afetiva que encanta a modestos 5% de abnegados.

Como o curso é on-line, gratuito, e ocupa apenas duas horas por mês, o baixo percentual de anuência traduz de maneira objetiva a pífia convicção dos docentes dessas escolas quanto à vantagem da qualificação humanística dessa legião de jovens idealistas, mas carentes de orientação efetiva, que dentro de pouco tempo estarão manejando, com assustadora autonomia, a vida de pessoas fragilizadas pela chocante descoberta de que morrer não é menos que uma certeza à espera de uma oportunidade. Creio, firmemente, que não se pode pretender mudar a relação médico-paciente se o médico não for capaz de se envolver com o sentimento de quem adoeceu, visando dar a ele a incomparável sensação de apoio e acolhimento.

É emblemático que esse tema, levado para a intimidade da sala de aula, instantaneamente produza uma divisória de atitudes entre os que se encantam com a maravilhosa função de cuidar do outro e os que não se misturam e podem manter um relacionamento cordial, mas com a frieza da formalidade, que afasta qualquer promessa de envolvimento afetivo. Muitos dirão que a preservação da impessoalidade e da neutralidade não impede que se ofereça uma assistência médica tecnicamente qualificada, desde que seja compatível, é claro, com os atendimentos relâmpagos e as relações humanas superficiais e fugidias.

Felizmente, existe um percentual de médicos de verdade, que se ocupam de entender qual é a verdadeira carência dos pacientes e se sentem estimulados com isso, porque descobriram o quanto é gratificante o retorno afetuoso que brota espontaneamente do coração de quem se sentiu acolhido na hora difícil e assustadora da doença. Enquanto isso, os rígidos de afeto elegem a pretensa paz da desocupação como justificativa para sair da cama todos os dias sem um objetivo definido e, ao se espreguiçar, ainda assumir que o desperdício de tempo, sem remorso, é um privilégio da velhice.

A população mais humilde, dependente da saúde pública, já está desapontada com a vileza do atendimento que recebe, mas nem suspeita do tamanho da piora plantada no horizonte pela ganância e irresponsabilidade dos que deviam proteger a formação dos médicos do amanhã, que estão sendo gerados aos borbotões em cursos fraudulentos. A sociedade brasileira vai pagar esse preço em um futuro muito próximo.

É verdade que ter essa noção só aumenta a gana de persistir e afasta qualquer possibilidade de desistência. Porque, afinal, sempre soubemos em nome de quem continuaremos.

Dúvidas na era das certezas

"Somos todos águas de diferentes rios, por isso é tão fácil se encontrar."
Yoko Ono,
"We're All Water"

Intuí que ia mesmo receber um tipo criativo, inteligente e ousado. Autorreferido como "um provável futuro colega necessitando de ajuda, sem dinheiro para pagar por uma consulta". Assim, sem preâmbulos ou o tradicional "quem me mandou aqui foi...".

Com essa objetividade, a evolução dessa conversa era previsível, e o discurso estava pronto: "Estou atrapalhado, não sei bem o que fazer da vida, gosto das coisas que você escreve no jornal e acho que pode me dar umas dicas!". Com dezessete anos e meio, uma cara bonita batendo à porta do vestibular, atropelando as palavras de tão ansioso, foi direto ao ponto: "Gostaria de trocar umas ideias contigo, porque assisti a uma palestra tua sobre as pessoas que fazem a diferença e me dei conta de que claro que eu quero fazer diferença, mas não tenho nada daquelas coisas que você falou".

Encantado com a sinceridade e a transparência, meu primeiro impulso foi considerar a possibilidade de adoção, mas logo descobri que pai médico ele já tinha, então me dispus a ouvir, consciente de que não há tarefa mais difícil e de maior responsabilidade do que aconselhar um adolescente sobre o que fazer, principalmente não estando acostumado a conversar com jovens com dúvidas, nesta fase da vida em que eles esbanjam certezas.

Os que viveram, como eu, uma parte significativa do século passado, somaram experiência suficiente para reconhecer com algum estarrecimento a aceleração do ritmo da vida que se tornou rotina no século atual. Como sempre, as mudanças foram e continuarão sendo mais intensamente sentidas na juventude, que por imaturidade representa a extremidade do espectro em que mais as transformações repercutem. A pressa de viver e a cultura de "tudo pra ontem" mudaram completamente o jeito de planejar o futuro, porque, como já prenunciou John Lennon, "A vida é o que acontece lá fora enquanto você está ocupado fazendo outros planos".

Para quem está focado exclusivamente em viver o hoje, planejar o futuro parecerá sempre um desperdício de anos preciosos na busca da tal qualificação. Tendo referido um tempo médio de cinco anos em pós-graduações, depois dos seis anos de faculdade, para obter-se as credenciais para pretender reconhecimento profissional, ele se apressou em encerrar com a frase: "E sem nenhuma certeza de que se vá conseguir!".

Quando a nossa conversa se transformou num bate-pronto, ficou cada vez mais evidente a surpresa e a decepção com o tempo médio a ser "desperdiçado".

A pergunta seguinte veio carregada de futuro: "E você acha que a inteligência artificial pode encurtar esse caminho?". De novo a pressa e a esperança, sem nenhuma garantia, mas eu percebi a urgência de atenuar a ansiedade do garoto: "Acho bem provável que sim". O sorriso meio forçado tinha gratidão ao reconhecer que eu estava determinado a parecer otimista, ainda que sem evidência de segurança.

De alguma maneira ele percebeu que a ansiedade tinha mudado de lado e fez uma pergunta redentora para mim: "E valeu a pena pra você?". Aliviado por ter sido colocado na minha seara predileta, devolvi: "Valeu, e muito!", e então festejei poder usar a minha mensagem favorita: "E pode acreditar, meu garoto, sempre que você encontrar um velho bem-sucedido, pode ter certeza de que ele carrega um segredo no seu coração: ele trocaria tudo o que conquistou na vida pela sua idade e a chance de, quem sabe, com um pouco mais de coragem, conseguir fazer tudo outra vez e melhor".

Difícil garantir que tenha ido embora convencido, mas, pela força do abraço na despedida, eu diria que sim.

Escassez de afeto

"Vou cuidar só das crianças, porque nós, adultos, não temos mais solução."

Zilda Arns

Quando ficou claro que o mundo se tornara mais hostil e sombrio, acendeu a luz amarela da solidariedade, alertando para a prioridade de nos tornarmos pessoas melhores, porque afinal só assim podemos promover esta transformação.

Como é pouco provável que os adultos mudem, porque a couraça já enrijeceu com o gota a gota da indiferença, o foco da prevenção de iniquidades foi desviado para a infância, que, todos concordam, é quando forjamos a personalidade com a qual enfrentaremos a vida, cheia de alegrias, sobressaltos, decepções e alternativas de escolha.

Com o livre-arbítrio podemos ser generosos ou cínicos, mas é muito difícil que consigamos ludibriar alguém parecendo diferentes do que somos, só porque circunstancialmente percebemos que determinada atitude prejudicaria a nossa imagem na sociedade. Ainda mais agora que o politicamente correto desconsidera a intenção e valoriza o discurso que foi esvaziando, na medida que muitos adjetivos foram sendo banidos, cedendo espaço para a hipocrisia.

Se o que se diz quanto à nossa herança genética é verdadeiro, "o que Deus nos dá, dá lá atrás, e depois só conseguiremos ser o que sempre fomos", então precisamos trabalhar com as nossas crianças enquanto elas ainda são maleáveis e suscetíveis a transformações. Não há nenhuma dúvida de que a verdadeira ajuda será o estímulo à inteligência emocional, este atributo que nos separa dos outros animais e das máquinas.

Quando um pirralho ganha seu primeiro cãozinho, alguém lhe abriu a porta para o afeto que envolve a descoberta do quanto é inspiradora a tarefa de cuidar. Desconfio de que este encanto vai perdendo força com a idade, em nome da necessidade fajuta de "cuidar de coisas mais importantes", como se existisse algo mais crucial do que cultuar os sentimentos mais nobres.

A depreciação desses valores explica, com sobra, as iniquidades que povoam a mídia, dando a sensação desconfortável de que a sociedade está em degeneração.

Um dia vi e revi várias vezes um vídeo que mostra um carro parado na fila do pedágio com um cãozinho sendo jogado pela janela, porque seu dono obviamente se fartara dele. Como o carro se deslocava lentamente, num arranca e para até a cabine de cobrança, o bichinho pulava e saltava na janela, tentando entender a expulsão.

Quando o carro finalmente arrancou, ele ainda não tinha desistido e correu em desesperada perseguição. Até o fim do vídeo, com o carro se afastando, ele seguia correndo.

Me doeu muito aquela crueldade, mas, de tanto doer, acabou por despertar em mim uma certeza: aquele brutamontes não teve um bichano na infância, nunca estabeleceu um vínculo afetivo e morrerá na tristeza da solidão que os rígidos constroem diariamente, sem perceber que no fim da vida não farão falta a ninguém.

O escasso tempo da inocência

O pediatra, ainda que seja obrigado a conviver com a coisa mais incompreensível na infância, a doença, tem como compensação a chance de desfrutar da interação com a alma humana na sua expressão mais pura, aquela que antecede a perda da inocência. É a fase em que ainda não descobrimos a espessura da carapaça de hipocrisia que precisaremos vestir na luta pela sobrevivência no mundo dos amadurecidos.

A roda dos pequenos discutia o bom que é ter avó, quando a Duda perguntou para a Fer onde morava a avó dela: "Mora com a gente, por quê"?

"Porque a minha mora no aeroporto. Então, quando ficamos com muita saudade, a gente busca ela lá. Mas uns dois domingos depois já temos que devolver. Eu nem sei por que ela gosta tanto do aeroporto!"

Nada mais injusto que esta inocência, um dia, termine.

Mas o ser humano, apesar de ser o mais lento do reino animal na descoberta dos instrumentos de sobrevivência, já exibe precocemente alguns indícios que configurarão ainda na primeira década seu arsenal defensivo, que muitas vezes se revela em situações de desamparo pela ausência do olhar protetor dos pais.

Encanta também que algumas crianças, provavelmente mais atiladas pela estimulação precoce intensa, têm atitudes que revelam independência e indignação, que sugerem que o instinto de autopreservação faz parte da nossa concepção original, e que usá-lo mais cedo, ou não, dependerá das circunstâncias.

Foi essa sensação que tive ao conhecer a Sandrinha, um pingo de gente de quatro aninhos que soube instintivamente marcar o seu território quando se sentiu invadida no recanto que era seu.

Curtindo as férias na praia e com a internet temporariamente interrompida no meu apartamento, desci para usar o Wi-Fi do restaurante no térreo. Como era horário de almoço e praticamente todas as mesas estavam ocupadas, percebi que o recanto destinado aos filhotes era o único circunstancialmente vazio.

Sentei-me lá com o laptop no colo, coloquei a senha e mandei para o jornal a crônica daquele final de semana. Enquanto estava nessa operação, Sandrinha apareceu com sua bochecha redonda e com seu dedinho gordo, tocou meu joelho esquerdo distraído e pediu com autoridade: "Me dá o dinossauro!", que eu nem tinha percebido que quase sentara em cima. E ela não perdoou: "Você não sabe que este lugar é das crianças?".

Pedi desculpas, desliguei o laptop, coloquei-lhe a capa, e quando me levantei para sair, ela perguntou: "Já vai embora?".

Ao me ver saindo, ela aparentemente já não me achava mais tão intruso: "Se quiser ficar mais um pouco, pode". E estendeu o bracinho me devolvendo o dinossauro amarelo com sua bocarra verde.

"E pode ficar com este, se quiser. Não gosto nada dele."

Triste pensar que logo adiante tudo isso se dissipará em nome da maturidade.

Escolha o que, de fato, você quer ser. E seja, para valer

Na saída tumultuada de um cursinho pré-vestibular, um diálogo desconcertante. Uma jovem confessou à amiga: "Tenho que tentar medicina, mas, como tu, eu gosto mesmo é de jornalismo".

Mas em nome do quê alguém *tem que tentar* algo que certamente não lhe dará prazer? O primeiro desafio na busca da realização individual é a escolha da trilha de acesso, porque, ainda que existam muitas vias oferecidas, no fim do labirinto de alternativas só há duas saídas para a completude pessoal: o amor e o trabalho.

Se não bastasse a escassez de alternativas e a dificuldade de mudar de rumo diante da percepção do equívoco na escolha inicial (raros têm a coragem de começar de novo), ainda há sobressaltos pelo caminho que exigem coragem, determinação, persistência, uma certa dose de teimosia e, como em tudo, uma pitada de sorte.

Ao longo dos séculos, o significado do trabalho foi se modificando desde a abominável escravidão, que misturava na mesma criatura a humilhante sujeição silenciosa com ódio sem tréguas a quem a impunha, revelando-se uma incomparável trituradora da autoestima da sua vítima, que se arrastou até o sonho de liberdade que chegou com a Revolução Francesa, quebrando conceitos antigos e abrindo caminho para uma nova sociedade. Esta transformação foi sacramentada pela Revolução Industrial, que é a fase em que nasce, mesmo que de maneira tímida, o direito do trabalho.

A busca por melhores condições profissionais teve desde sempre a preocupação de conjugar a necessidade de trabalhar para sobreviver com a preservação da dignidade, idealmente garantida pela autonomia de escolher onde o trabalho lhe desse o prazer básico no fomento da felicidade, essa que muita gente nem imagina que exista, mas que dá ao felizardo a rara alegria de sentir-se em férias trabalhando.

O mais poderoso determinante da infelicidade é que muita gente não gosta do trabalho que escolheu ou que lhe foi imposto por circunstâncias. Seja pelo tipo de tarefa ou pela necessidade de interagir com tipos desagradáveis (na dificuldade de visualizar este modelo, imagine o agente penitenciário), ou alguma outra forma de corruptela comportamental, como, por exemplo, parecer sempre animado para aparentar boa vontade. Neste caso, meu modelo é o funcionário da empresa aérea que trabalha no setor de bagagens extraviadas, onde nunca ninguém entra para agradecer.

Fiquei com vontade de convidar a moça do início desta crônica para um café. Ela certamente não tem a menor ideia de como a medicina é exigente. Se ela tivesse tempo de ouvir, lhe diria o quanto é difícil conviver com a frustração de expectativas, a transferência da culpa de familiares relapsos, a sensação de impotência diante da saúde pública excludente e cruel, a desigualdade social, a falsidade dos discursos oficiais e a implacabilidade da morte. Se ela fantasiasse que essa escolha lhe abriria a porta para uma profissão charmosa e lucrativa, recomendaria que fosse fazer outra coisa. Qualquer coisa para fugir da frustração de se transformar, na velhice, numa colecionadora de ressentimentos.

Mas insistiria que se você é do tipo que se encanta em ajudar os outros e fica feliz quando pode dar a uma pessoa que lhe procura em busca de ajuda uma alegria que ela não conheceria se você não existisse, bem-vindo ao barco, este lugar foi feito para você. E com uma oferta adicional: por esse caminho encantado, é possível que, ao longo da vida, você acabe acumulando, sem perceber, uma coleção de histórias que encantarão às suas amigas jornalistas.

Essa coisa de ser pai

"Filho é um ser que nos emprestaram para um curso intensivo de como amar alguém além de nós mesmos."

José Saramago

Há uns trinta anos, tive certeza de que os nossos filhos têm rotas independentes e autônomas e que a nossa participação será, no máximo, inspirá-los com exemplos. Claro que sempre torcendo que pelos menos algumas das nossas virtudes (essas que os pais sempre acham que têm de sobra) possam ser selecionadas para essa delicada missão de servir de modelo. Naquela época, pela primeira vez, reclamei que uma encomenda tão preciosa viesse sem manual de instruções, justamente numa tarefa em que não podíamos errar, mesmo sendo falíveis como somos.

Com espírito científico, habituado a esgrimir teses por erros ou acertos, a acatar ou rejeitar hipóteses, me parecia desesperadora a possibilidade que a conclusão, com a matéria pronta, pudesse resultar num lacônico: "Inadequado para publicação, abaixo a relação de itens que precisam ser modificados para nova tentativa".

A vida avançando trouxe a descoberta de que o único elemento imprescindível no desempenho dessa tarefa puramente intuitiva é a disponibilidade de afeto, permanente e incondicional. Mas era frustrante não encontrar nem esta recomendação nos tratados de desenvolvimento do adulto.

Com tal pobreza bibliográfica, restavam-nos as âncoras afetivas de quem idolatramos desde pequenos, com lições que incorporamos não estudando nos livros, mas prestando atenção. Foi assim que aprendi com meu velho que o grande desafio de ser pai é estar sempre disponível para que, diante de qualquer apuro, não tivéssemos dúvidas de a quem recorrer, com a certeza de que haveria confidencialidade, fosse qual fosse o erro, ou a crítica.

Senti muita saudade do meu pai quando o Evaristo, um fronteirista de 77 anos, com um jeitão sereno dos campesinos, submetido há apenas quatro dias a uma cirurgia torácica aberta, porque o SUS ainda não dá videocirurgia, me chamou para uma conversa séria. Quando entrei na enfermaria, estranhei a debandada dos outros quatro pacientes. Se a saída deles tinha a ver com a privacidade da conversa então, de fato, era coisa séria. E era. "Pedi que eles saíssem quando o senhor chegasse, porque nunca me acostumei a dividir problemas com quem não possa me ajudar."

Parecia meu velho ressuscitado, e me encantei com o Evaristo. "E eu, o que posso fazer pelo senhor?"

"É um baita favor, doutor, e eu não estou preparado para ouvir um não." Pela seriedade, eu tive certeza disso. "Bueno, doutor, mesmo que seja arriscado, eu preciso ir para casa amanhã bem cedinho!"

"Mas o que o aconteceu, seu Evaristo?"

"Essas coisas de filho. O mais moço, que anda sem trabalho, me ligou pedindo um dinheiro emprestado e eu disse que não era banco, e que já era hora dele botar juízo na cabeça. Ele falou umas coisas que não gostei, eu disse outras, e ele desligou na minha cara. Mais tarde a minha velha me contou que ele tinha conseguido um emprego de tratorista em Melo, no Uruguai, e que o dinheiro era para a viagem! Imagine, doutor, tadinho do meu guri!"

Tentei argumentar: "Mas a sua viagem é longa e perigosa na sua situação. Seu menino não pode esperar?".

"Não, doutor, uma coisa que aprendi com a minha filharada é que aqui cabe a pressa, porque pai que é pai não deixa a mágoa de filho ressecar!"

Esses modernismos...

O conhecimento médico evoluiu como um turbilhão, acelerado pela disponibilidade sem precedentes da comunicação instantânea e favorecido pela comunhão das ciências mais diversas, resultando em transformações conceituais sem precedentes na história da medicina. Nunca houve tanta informação disponível, e nunca tantos e tão insuspeitados horizontes foram descortinados.

Estamos convivendo com naturalidade com recursos, diagnósticos e tratamentos inimagináveis há poucas décadas. Mas o entusiasmo para comemorar estas conquistas arrefece com a observação de que, igualmente, nunca houve tantas queixas e demandas judiciais no dia a dia da atividade médica.

Alguns colegas, diante do desconforto de assumir os equívocos que cometemos, terceirizaram a culpa desse descompasso, atribuindo-o à pressa insana da civilização moderna e à despersonalização da medicina em prol das máquinas produzidas por tecnologias deslumbrantes. Raros se deram ao trabalho de assumir que a presença do médico foi sendo ofuscada porque, por comodismo, passou-se a focar nas doenças, ignorando que os pacientes foram se sentindo progressivamente como objetos a serem dissecados nas suas patologias por máquinas, exaltadas pelos próprios médicos como fantásticas.

Quando ingenuamente se supôs que as informações oferecidas pela tecnologia podiam dispensar o exame físico, mais do que uma depreciação de um método semiológico insubstituível, se estava negligenciando o quanto o toque humano é valorizado pelo paciente como parte de um ritual que é, originalmente, responsável pela relação interpessoal não amorosa mais densa que pode existir entre dois indivíduos, que eram completos desconhecidos até que um deles adoeceu. A queixa frequente de "o doutor nem me encostou a mão" é um brado pungente contra a escassez de afeto expressa nessa omissão.

Um dia desses, provei eu mesmo desse veneno: expliquei demoradamente, no consultório, a um paciente antigo que tínhamos que avaliar com mais profundidade a sua apneia do sono, essa dificuldade ventilatória que determina obstrução parcial da entrada de ar nos pulmões por relaxamento da musculatura. Ele me interrompeu: "Meu outro médico já explicou que eu preciso dormir num laboratório. Já disse que isso não faço. Só durmo na minha cama!". Tendo aprendido que não se consegue dobrar a força da teimosia do idoso, ofereci uma alternativa menos adequada, mas que podia ser útil. "O senhor pode alugar um desses aparelhos, levar pra casa, dormir com ele durante uma semana e, em nova consulta, ficará sabendo quantas paradas respiratórias teve, quantas horas usou, e até o removeu durante a noite, porque tudo é controlado por satélite."

Sem receptores para esses modernismos, ele reagiu: "Mas Deus me livre eu dormir com uma pessoa me espiando a noite inteira!".

Na saída, só me restou um abraço solidário na sua velhinha, que revirara os olhos quando lhe perguntei se ele roncava muito, e que, com essa negativa, estava condenada a conviver com os sobressaltos do seu vizinho de colchão. Um preço que se paga quando há exagero nessas promessas de eternidade.

Exposição das melhores (e piores) índoles

A capacidade que o sofrimento tem de depurar o caráter humano é reconhecida desde sempre. Nas grandes tragédias, o melhor e o pior de todos os envolvidos se escancaram com inegável crueza das reações que, por terem emergido em situações de improviso, não puderam ser maquiadas, e com isso desnudaram as facetas boas ou escabrosas dos seus personagens.

Depois que o cataclismo passou, a depuração das personalidades continua se revelando pela empatia ou pela indiferença como nos comportamos na prestação do socorro mais elementar às vítimas da catástrofe, na organização de mutirões para que se reúnam objetos de primeira necessidade capazes de encher caminhões, que mais do que bens de consumo transportavam esperança e solidariedade.

Muitos se contentaram em fazer doações, para que os gestores públicos dessem aos valores coletados o melhor destino. Outros se envolveram pessoalmente, dirigindo-se ao local da catástrofe para oferecer uma ajuda concreta, como um consultor econômico com dotes de cozinheiro, que instalou uma barraca na margem do rio e ficou lá, alimentando os famintos, que mais do que suas casas tinham perdido o rumo do futuro imediato.

Difícil imaginar a dor daquele homem jovem que viu a correnteza levar sua esposa e duas crianças pequenas, deixando como rastro o desafio, inconcebível num primeiro momento, de encontrar forças para recomeçar.

Relatos dramáticos povoaram a mídia durante muitos dias, até quando a natureza parecia ter dado uma trégua, mas a meteorologia antecipava o risco de novas enchentes, e alguém aparentemente recém-chegado de outro planeta anunciava com rara infelicidade pelo inoportuno das circunstâncias que o Rio Grande do Sul devia considerar estes eventos como parte do "nosso novo normal". Como se tivesse alguma utilidade esta informação no momento em que o número de desaparecidos sinaliza que a catástrofe ainda não terminou.

Enquanto a busca de cadáveres insepultos prossegue, percebe-se o quanto as reconstruções dependerão de uma força interior que os envolvidos nem supõem possuir. Esse esforço, que deve ser de toda a sociedade, se ampara nos relatos de puro heroísmo que brotaram da intransferível luta pela sobrevivência. Como o pai, que transportou a família para o topo da escada, depois o sótão, e por fim a cumeeira da casa, com a expectativa desesperada de que ela fosse mais resistente do que as casas vizinhas que passavam ao largo, debulhando no leito do rio enfurecido.

Impossível não se comover com a experiência da Elisabete, que reuniu na mesma jornada virtudes pessoais impressionantes como coragem, determinação de viver e inesgotável amor filial. Ela precisou muito de tudo isso para pernoitar agarrada a um sofá, que providencialmente boiava na sala de jantar.

Se este esforço lhe parecer pouco, imagine que ela passou a noite toda segurando pela mão a mãe morta, para que a enxurrada de lama não lhe roubasse o que sobrara dela.

Fadiga do sofrimento

"Você que inventou a tristeza, ora, tenha a fineza de 'desinventar'."

Chico Buarque

Eu tinha sido chamado para confirmar que não havia nada a ser feito num caso de trágica evolução de um tumor de face. Havia sido convocado diante da informação de que a doença se disseminara para os pulmões, mas a família não tinha por que se preocupar com isso, visto que sem tosse ou falta de ar, o pulmão se torna invisível, o que pode ser uma ótima solução para o que não tem remendo.

A pior parte, por ser cruelmente visível, estava no rosto, onde o tumor abrira caminho em direção à cavidade oral e, por um orifício lateral, saía saliva. A tentativa do marido de manter uma conversa tão agradável quanto possível era amiúde interrompida pela necessidade de secar a bochecha.

Ela, com o olhar triste do fim da vida, murmurou: "Tomara que o senhor tenha vindo me trazer um milagre, porque eu quero viver, e tenho muito medo de morrer". O marido se inclinou e secou mais demoradamente a cascata de saliva. Difícil encontrar uma dor compartilhada com tanto sofrimento. Houve um momento em que a saliva dela e as lágrimas dele escorriam para a mesma compressa.

O desespero médico é multiplicado pela sensação de completa inutilidade quando se percebe que até o consolar, identificado como o último bastião da medicina paliativa, fica inviável, porque ainda não inventamos palavras que emprestem sentido ao impossível.

Quando saímos ao corredor, o marido me confidenciou que ela tinha sido muito agressiva com uma psicóloga da família que, não sei com que palavras, sugeriu que estava disponível para ajudá-la a morrer com dignidade. Esse relato confirma a grande sensibilidade necessária para perceber o sentimento do paciente antes de se oferecer ajuda, para que se tenha noção do que ele considerará parceria ou invasão.

O sofrimento físico sem redenção é certamente o elemento persuasivo mais forte na deliberação da vítima em favor de interrupção das terapias fúteis e na administração do que se chama morte digna. Mas sempre haverá o risco de descompasso entre o que consideramos hipoteticamente insuportável e o esgotamento do paciente na luta pela sobrevivência, nosso instinto raiz.

Dias depois, passando pelo posto de enfermagem, soube que ela tinha acabado de morrer. O marido, carregado de sacolas, passou por mim no corredor, sem me ver. Juraria que me pareceu aliviado. No início da minha experiencia com pacientes crônicos, muitas vezes interpretei este tipo de reação como desamor. Pura ingenuidade. Conviver com o sofrimento inútil do ser amado é uma tortura. Já encontrei mães amorosas pedindo a Deus que levasse seu filho idolatrado por não mais suportar vê-lo penar sem remissão.

A capacidade de sofrer do ser humano não é ilimitada. Há um ponto na curva de tolerância em que se desejar a antecipação do fim é um dilacerante exercício de compaixão.

Nunca esqueço quando uma mãe desesperada, porque nem a morfina aliviava a dor do seu menino, me confessou: "Quando ele me diz, 'mãe me acuda', e eu não sei o que fazer, sinto que meu coração vai sair do meu peito".

Nenhum coração de mãe resiste a esse apelo. E não conheço melhor definição de fadiga do sofrimento.

Gentileza não custa nada, mas vale muito

Marcos Piangers é um cara do bem. Em um dos seus muitos textos recheados de humanismo, descreveu uma história enternecedora. Cedo da manhã, na fila do café no aeroporto, foi reconhecido por um leitor que pediu uma foto com ele. A fila se desorganizou e, quando se deu conta, tinha tomado o lugar de uma senhora. "Ops, furei a fila, pode passar, minha senhora".

Foi quando ouviu dela uma frase inesperada: "Não, pode ficar, todos os dias eu tento fazer uma gentileza, e hoje já vou bater minha meta, antes das seis da manhã".

Impactado com a sensação de que ela estava lhe agradecendo por isso, achou aquilo o máximo da generosidade e decidiu adotar a partir daquele dia essa rotina: ao menos uma gentileza por dia. A descrição do encantamento por esta atitude solidária e generosa corrobora uma convicção antiga: ajudar alguém produz uma sensação de bem-estar tão grande em quem ajuda que, com muita frequência, ultrapassa em intensidade a gratidão do ajudado.

A neurociência documentou que esses gestos de humanismo explícito mexem com a produção cerebral de neurotransmissores, responsáveis diretos pela sensação prazerosa. A dopamina e a serotonina são os mais relevantes na estimulação da condição anímica. Não é por acaso que nos sentimos tão bem quando percebemos que fomos capazes de fazer mais feliz o dia de alguém. E pela mesma razão a prática do voluntariado vicia.

Dependendo da intensidade da carência do ajudado, a reação costuma gerar mais ou menos gratidão, que os médicos desde sempre aprenderam a classificar como o mais nobre dos sentimentos humanos, e que, provindo do convívio com alguém assustado pelo medo de morrer, adquire proporções que outros profissionais desconhecem completamente.

À pressa da vida moderna tem sido atribuída a escassez de gentileza em relações humanas nos grandes centros, onde os pequenos gestos que traduzem nosso apreço pelo outro, e que revelam nossa visão integral do mundo a que festejamos pertencer, estão sendo substituídos, progressivamente, por uma entidade abominável, a insignificância.

E as reações são inevitáveis. A banalização do egoísmo resulta em indiferença, seu subproduto mais previsível, e, como desdobramento instintivo, a desconfiança.

Na véspera da cirurgia, sentei-me na cama do Geraldo para explicar o quanto precisávamos da sua ajuda para que o pós-operatório transcorresse sem complicações. Alertei que ele não deveria tolerar a dor, porque era muito importante que ele conseguisse tossir, para expandir o pulmão e mantê-lo limpo. Quando dizia que eu e ele tínhamos então uma dupla responsabilidade neste processo, ele me interrompeu: "Mas é tudo pelo SUS, não é, doutor?".

No olhar desconfiado, toda a preocupação contra o que o mundo mesquinho lhe ensinara, e ele certamente precisava se precaver: toda essa atenção devia ter um preço. Seria ótimo que esse fosse apenas um caso isolado de paranoia, mas na verdade é uma longa história de desapreço e discriminação. E nesta atitude preconceituosa, todos os rígidos de afeto têm uma parcela de culpa, que começou a ser construída pela falsa impressão de que "eles não entendem, mesmo!" e se consagrou na invisibilidade.

Melhor seguir a recomendação final de Piangers: "Quando não tiver mais forças para levar sacolas ou levantar uma mala no avião, ainda permitirei que me passem na frente nas filas. Na esperança de que uma faísca de gentileza possa acender uma fogueira no coração de alguém".

Quem descobriu o encanto de ajudar não precisa de argumentos para continuar.

Inteligência emocional, a falta que faz

De acordo com a psicologia moderna, inteligência emocional é a capacidade de identificar e lidar com emoções e sentimentos, nossos e dos outros. Se atribui a Darwin a primeira referência a essa forma diferenciada de inteligência, ainda que ele tenha se referido a ela como "expressão emocional".

O principal autor que organizou conceitos e hierarquizou critérios de reconhecimento foi Daniel Goleman, no seu famoso best-seller *Emotional Intelligence*, de 1995. O autor apresentou resultados de novos estudos sobre a mente humana, associando diversos aspectos da nossa personalidade às habilidades cognitivas. Entre as suas principais contribuições técnicas está a criação do conceito de Quociente Emocional (QE), que funcionaria como um complemento ao Quociente de Inteligência (QI). Segundo ele, a capacidade de uma pessoa de lidar com suas emoções é muito mais importante que a sua competência de processar informações.

É conhecida a experiência de empresas que, ao selecionarem candidatos a postos de executivos, incluíam entre as perguntas formais algum relato que envolvia emoção para avaliar a reação dos entrevistados, que ignoravam que um poderoso zoom estava de tocaia a flagrar os olhos secos, que deviam ser sumariamente eliminados.

Ora, se inteligência emocional é festejada como um pré-requisito de quem pretenda interagir positivamente com colegas ou comandados, ajudando-os a alcançar um equilíbrio harmonioso no microcosmo que eles frequentam, imagine-se então que o alvo dessa dependência seja um paciente, com necessidades e carências dos seres humanos normais acrescidas da angústia do sofrimento e do medo do desconhecido. E concluiremos que não há nenhuma atividade humana tão exigente de inteligência emocional quanto a medicina.

Durante boa parte da minha formação médica, ouvi professores de renome recomendarem que devíamos manter uma certa distância dos sentimentos dos pacientes para que não comprometêssemos a neutralidade indispensável nas tomadas de decisão. Demorei anos para perceber que estávamos diante de uns rígidos de afeto, aliviados por terem encontrado uma justificativa tola para a irrecuperável falta de empatia.

Como ocorre com todas as mudanças de comportamento, essa que é uma das tarefas mais desafiadoras da espécie humana, foram necessários muitos anos para que se percebessem os equívocos e se recrutassem consciência e coragem para mudar o rumo. Sem contar que, não raro, estes atributos só são despertados pela chegada de novos desafios, como tem ocorrido na última década com os progressos desconcertantes da inteligência artificial e a certeza de que quem não se adequar aos novos tempos será atropelado por ela. E a rigidez afetiva do médico despido de empatia selecionará os primeiros profissionais a serem banidos.

Morte que não se completa

"A questão não é se existe vida depois da morte. A questão é se você viveu antes de morrer."

Osho

Cada um tem um jeito próprio de administrar suas limitações. Apesar do esforço dos coaches insistindo com estratégias milagrosas, as pessoas que preservaram o espírito crítico sabem qual caminho escolher nas encruzilhadas. E sistematicamente é o mais árduo.

Mas a forma de reagir é imprevisível e, muitas vezes, contraditória. Por mais maduro que sejamos, quando o desafio é conviver com o envelhecimento biológico e suas perdas cognitivas, a negação é imediatamente assumida, mesmo quando a decrepitude bateu à porta sem ter sido convidada e, sem noção do ridículo, não sai da janela.

Como a dificuldade está na admissão desse diagnóstico, porque ele é demolidor do ponto de vista familiar, individual e profissional, fazemos de conta que está tudo bem. E mesmo que tenhamos consciência do que está acontecendo, é compreensível que conservemos a pose de quem está completamente sadio. E, sem dúvida, quanto mais festejada e inspiradora foi a vida até esse ponto, mais nos rebelamos à capitulação.

O Alzheimer tem uma fase, dita pré-clínica, em que pequenos lapsos são indistintamente atribuíveis ao envelhecimento, e só assumidos como indícios da doença depois de algum tempo, quando por frequência das falhas a família se dá conta de que a hierarquia doméstica está sendo modificada, porque o antigo gestor daquele clã não consegue mais gerir a sua própria vida.

Ainda que o ritmo de progressão possa ser afetado por fatores genéticos, mudança de estilo de vida e idade do paciente (doença manifesta em pacientes mais jovens evolui de forma mais acelerada), até o momento não existe tratamento efetivo, apesar de ofertas esporádicas de drogas novas, pretensamente revolucionárias e invariavelmente caras. Então, sendo a progressão da doença inexorável, resta à família dar ao paciente todo o suporte emocional para que ele consiga continuar mentalmente produtivo pelo tempo de lucidez que lhe reste. Desse suporte faz parte importante a prevenção de exposições públicas, especialmente no período da doença em que o paciente ainda percebe o tamanho da bobagem que disse, mas só depois de tê-la dito, e tenta assumir ares de brincadeira.

Nesta fase, que pode ser rápida ou arrastada, o paciente e sua família sofrem igualmente em cada deslize, e a tentativa de justificar o erro só estimula a geração de memes pelos impiedosos adversários e a comiseração dos que nunca deixarão de amá-lo.

Mantê-lo na vitrine é sacrificá-lo impiedosamente, especialmente quando a vítima é um político de grande visibilidade. Nada é mais importante neste ponto do que um amigo, nivelado pela hierarquia dos afetos, que fosse capaz de lhe dizer "basta" e ser ouvido sem desconfiança. Um desses amigos que considere que trair é o mesmo que morrer, e para quem a morte deve anteceder à traição.

Na fase da desconexão cognitiva, o sofrimento passa a ser exclusividade da família pelo convívio diário, que nem remotamente lembra o bem-amado do tempo em ele foi muito. A tentativa frequente de revisitar o passado festivo por meio de fotos ou vídeos em geral agudizam dores adormecidas pela sacudida emocional resultante do contraste entre o que ele foi e o que deixou de ser.

Na morte tradicional, ao contrário da parcelada, a reconstrução da vida dos remanescentes, ainda que consumidos de dor e saudade, avança com a elaboração do luto, indispensável na preservação da naturalidade da morte. Uma amiga, incansável no cuidado da mãe, incomunicável há dezoito meses, me confidenciou: "Eu morro de saudade da mãe que tive, e de pena de mim, por não ter ao menos com quem dividir a tristeza de perceber, todos os dias, uma fração dessa morte que dói como se fosse, mas não se completa".

Quem considerar desamor qualquer parte dessa confissão não entende nada de que morte estamos falando, e nem imagina o quanto sobra de amor depois do luto.

Não ter casa para voltar

"Vivemos das vidas dos outros. Também nos perdemos quando o outro se perde."

Padre Anibal Gil Lopes

Se você gosta de viajar como eu, certamente já descobriu que um grande momento de toda e qualquer viagem é arrumar a mala para começar a volta para casa. E se o tempo fora foi longo, a saudade mais se encarregará de acelerar o coração a caminho do aeroporto. E nada muda se fomos superfelizes tendo estado onde estivemos. Nem o quanto tenham sido fantásticas as descobertas, essas que sempre representam as coisas mais importantes do arquivo sensorial dos viajantes inveterados.

E é assim, porque não importa se somos um caixeiro-viajante ou um aborígene convicto, é indispensável que tenhamos um lugar a que pertençamos, para termos um cantinho onde arquivar as nossas pérolas afetivas, refugiadas em livros, fotos, cartas e discos. Entre essas "coisas nossas", espontaneamente selecionamos as mais importantes, pela necessidade que sentimos de periodicamente revisitá-las e de alguma maneira recapitular a lembrança amorosa que essas relíquias carregam. E quanto mais tempo passou, mais valorizamos a recapitulação, porque é por intermédio das cicatrizes amorosas que nos certificamos que os nossos momentos de grande alegria ou profunda tristeza de fato existiram.

Não por acaso, em grandes incêndios e inundações, as vítimas ficam repetindo, "perdi tudo", colocando tanta ênfase no *tudo*, que os desavisados podem supor que ele está anunciando um prejuízo unicamente material. Não necessariamente. Muitas vezes a perda material é minimizada pela vítima que se consola com a experiência do vizinho que perdeu alguém da família.

Mas claro que o dano material também machuca, e duplamente, porque ele é sempre o somatório de duas perdas: o valor monetário envolvido e por quanto esforço foi dispendido na conquista daqueles bens. O relato de um morador da margem de um dos nossos rios furiosos ilustrou tristemente essa realidade. Quando o repórter perguntou como pensava reconstruir sua casa, ele foi taxativo: "Eu não tenho mais nada para reconstruir, porque a enchente não levou só a minha casa, ela levou também meu terreno!".

Muito improvável uma tristeza maior do que não ter casa para voltar. Quando a perda vai além do material, a tristeza se multiplica pela dolorosa consciência de ser irresgatável.

Ficou doendo em mim o pedido de uma velhinha que resistiu a abandonar o seu casebre até o limite do afogamento, quando foi resgatada de barco e, sem tempo de recolher algum objeto de mais valor, abraçou um porta-retratos, e com ele apertado contra o peito, chegou encharcada no cais, onde fez um apelo: "Seu moço, veja só o que a água fez com a única foto que eu tinha do meu velho: apagou!".

As dores que resultam desse tipo de perda, essas não se apagam. O tempo pode colocá-las para adormecer, mas nós as sabemos lá, à espreita de qualquer sacudida emocional para doerem. Outra vez, e sempre.

O baú das memórias

“Mas as coisas findas, muito mais que lindas, essas ficarão.”

Carlos Drummond de Andrade

As pessoas que significaram tanto para tantos precisam ter as memórias preservadas, agora que já não estão mais aqui. E as histórias que construíram com perspicácia, ironia e bom humor precisam ser armazenadas no bazar das letras definitivas para que o tempo, esse triturador de memórias, não alcance destruí-las.

Sempre louvei o que o grande Juarez Fonseca fez com a memória de Mario Quintana, que, eternizado na sua poesia, ainda mereceu o bônus do *Ora bolas, o humor de Mario Quintana* (L&PM, 2006), um livro maravilhoso, que chegou à quinta edição com 130 histórias, encarregadas de transferir para o leitor o humor agridoce do nosso poeta maior. Creio que o posfácio da biografia de Paulo Sant'Ana, por ter sido essa criatura genial, que a ninguém conseguiu ser indiferente, merece que se reúnam episódios de sua genialidade/loucura, para deleite dos que não tiveram o privilégio do convívio.

Fui para Paulo Sant'Ana um dos muitos médicos que fracassaram na tentativa de fazê-lo abandonar o fumo, mas guardo dele a melhor das lembranças pelo jeito carinhoso com que cuidava dos amigos, que sabíamos serem muitos, mas não exatamente quantos. De qualquer maneira, os 29 convivas recrutados por ele para comemorar seus 73 anos estavam muito orgulhosos com o significado do convite.

Antes de ter uma coluna regular no jornal, recebi dele a oportunidade de publicar no seu espaço sagrado, um verdadeiro canhão que durante décadas ocupou a penúltima página de *ZH* e encantou duas gerações.

Uma tarde, ao final de uma consulta, lhe agradeci a generosidade de conceder tal visibilidade a um escriba eventual, e ele, com seu sorriso enviesado, debochou: "E nunca te ocorreu que eu pudesse estar sem assunto naqueles dias?".

Em 2008, ele aceitou prefaciar *Não pensem por mim* (AGE), meu primeiro livro de crônicas. Quando cheguei para a sessão de autógrafos, ele já estava lá.

"Obrigado, Sant'Ana, que bom que vieste!"

"Não vim por ti. Ocorreu-me que não era justo que leitores, ao lerem o maravilhoso prefácio, não tivessem o autor para autografar!"

Minha história preferida foi contada pelo insuperável Radicci num almoço de confraternização dos cronistas do jornal: Na virada do século, a RBS contratou um CEO de renome para sua gestão. O recém-chegado quis logo conhecer o Sant'Anna, uma lenda da crônica gaúcha, e pouco conhecido fora daqui.

O encontro começou com uma rusga:

"O senhor não pode fumar aqui!"

“Mas eu fumo na sala do Nelson!”

“O senhor pode fumar na sala do Nelson, mas na minha sala o senhor não vai fumar!”

E então, o xeque-mate:

“Meu caro, não me leve a mal, mas o senhor acabou de chegar e tem coisas que ainda não sabe: nesse edifício, todas as salas são do Nelson!”

Difícil não se render à velocidade mental de Paulo Sant’Ana, e injusto expor o seu legado ao esquecimento.

O círculo vicioso do medo

"A melhor definição de medo: 'Os piores problemas que tive em minha vida nunca ocorreram.'"

MARK TWAIN

Ter medo. Essa foi, sem dúvida, a grande lição que a minha geração aprendeu nessas últimas décadas. E na contramão da inteligência que nos encanta, o nosso medo não tem nada de artificial. É real, e sufoca.

Dando-se o tempo de revisitar o passado, percebemos o quanto vivíamos com mais espontaneidade, e era tão natural que fosse assim, que ninguém valorizava esta liberdade, porque simplesmente não tínhamos ideia da maravilha que era e do quanto o futuro nos reservava de perda.

Circulávamos por todos os lugares sem nenhuma preocupação se era dia ou noite, porque isso não fazia a menor diferença. Como seres naturalmente gregários, andávamos em bandos pela mais inocente das razões: quanto mais parceiros, mais companhia disponível para brincadeira, deboche e zoação.

Hoje, as crianças trocaram as brincadeiras na calçada pela solidão segura e insossa das redes sociais, enquanto os adolescentes antes de pisar na rua já são alertados que este é o lugar onde mora o perigo, que o solitário é a vítima preferencial, e que o bando, antes de ser parceria, é um escudo protetor.

Como consequência, os jovens se divertem menos, enquanto os pais, pressionados pela necessidade intransferível de dar ao filho a liberdade de descobrir-se capaz de enfrentar o mundo, fingem naturalidade enquanto assistem TV sem prestar atenção, e depois, constritos de angústia, aguardam que a última luz do quarto das "crianças" se apague e eles possam dormir aliviados por mais uma madrugada sem sobressaltos.

Os pobres pais, antes classificados como exagerados e opressores, hoje são reconhecidos como prudentes e realistas. A tentativa de proteger as crias servindo-se da tecnologia disponível explica a quantidade de pimpolhos carregando, com algum deslumbramento, os seus celulares modernos que têm, em princípio, a função de substituírem os braços longos e olhos atentos de pais assustados.

Claro que é bom tê-los ao alcance de um chamado, e por essa vantagem ignora-se que o porte desses objetos de cobiça aumenta a chance de exposição ao assalto e a experiência inesquecível de conviver com a sensação de impotência que provamos quando somos assaltados. Sem contar a ansiedade que aperta a garganta dos pais toda vez que uma ligação não é prontamente atendida.

O noticiário cotidiano com latrocínios, lutas entre facções do tráfico e um festival de balas perdidas banalizaram a morte e instituíram o círculo vicioso do medo. Na verdade, todos estamos assombrados com o rumo que a vida moderna assume, pautada pela arbitrariedade, regida pela violência e estimulada pela impunidade.

Mais temerosa está a minha geração, que provou a leveza de viver sem mordaças, muros altos, cercas elétricas, alarmes, cães de guarda e serviços de vigilância, antes da chegada implacável dessa epidemia, onde até a desconfiança no sistema nos constrange e desespera, porque prenuncia o mais irresgatável de todos os medos: o de ser feliz.

O desarmamento essencial

Com mínima isenção se perceberá que a retirada das armas de fogo de circulação tem servido apenas para modificar os instrumentos de agressão dos raivosos circulantes por aí. A faca, que interrompeu a leitura da professora na sala de aula em São Paulo, ou a machadinha utilizada para craniotomia de quatro inocentes em Blumenau não constam do rol de armas carentes de registro, treinamentos para uso ou avaliação psicológica dos usuários. Como não há nenhuma evidência, estatística ou factual de que alguém armado se sinta estimulado à agressão, parece óbvio que o foco da discussão está equivocado.

A distribuição de armas no mundo é muito heterogênea. Os Estados Unidos lideram o ranking mundial com 121 armas para cada 100 habitantes, enquanto o país líder na América do Sul, o pacato Uruguai, tem 36, e o Brasil, onde o desarmamento é considerado prioritário, tem modestas 8,8 armas por 100 habitantes (IPEA, 2018). Percebe-se então que não é a disponibilidade de arma de fogo que aumenta a criminalidade.

A afirmação de que mais armas nas mãos do cidadão comum significam mais armas ao alcance da bandidagem é uma suposição contestável. Perguntem a um morador de subúrbio, que não conta com um sistema de alarme, cerca elétrica ou cão de guarda, se ele dorme melhor com uma arma ao alcance da mão ou contando com o idealizado policiamento ostensivo na rua?

Nos 25 estados americanos que atuam com o conceito de "porte constitucional", ou seja, a lei estadual não proíbe o porte de arma para os cidadãos comuns, não há maior criminalidade. Pelo contrário, há menos crimes de invasão domiciliar, latrocínios e estupros. E lá, como em qualquer lugar, isso decorre de uma razão muito compreensível: os bandidos de qualquer latitude têm um sentimento em comum, eles morrem de medo de levar um tiro.

A propósito, no Texas, por exemplo, desde 2016 é permitido o porte visível de arma, na expectativa de que isso desencoraje os agressores. A tendenciosidade na discussão do problema, lá e aqui, se revela ostensiva em pelo menos dois tópicos:

- A divulgação do número de mortes por arma de fogo nos Estados Unidos omite um dado crítico para o julgamento: 55% dessas mortes decorrem de suicídio, o que obviamente isenta a arma da relação causal, a menos que se demonstre que guardar uma arma no armário possa ser causa de depressão.
- Quando se anuncia o aumento de armas de fogo no Brasil nos últimos cinco anos e se constata que as mortes violentas caíram nesse período em média de 68 mil para 40 mil por ano.

Curiosamente, um desarmamentista fanático, num julgamento estapafúrdio, declarou que essa redução poderia ser ainda maior, não fosse a facilitação às armas. Com o intuito de convencer alguém, ele estimou em 6.300 mortes a menos. Não se sabe de onde tirou esse dado estatístico, reforçando a tradição brasileira de fazer acreditar que tudo o que se acompanha de um número é verdadeiro.

O Brasil tem oito entre as cinquenta cidades mais violentas do mundo, todas elas nas regiões mais pobres do país. Pôr a culpa nas armas é ignorar dois problemas capitais: o dano desestruturante das drogas na vida de um país e ignorar do que um pai insone é capaz de fazer quando suas crias choram de fome durante a noite.

Restaurar a autoestima pela oferta de um emprego digno e oferecer ajuda aos dependentes de drogas para tornar a figura do traficante dispensável é muito mais inteligente do que desarmar a população, facilitando o "trabalho" dos bandidos.

Então, voltando ao primeiro parágrafo: precisamos mudar o foco da discussão para reconhecermos as razões de tanto ódio gratuito e assumirmos que muito mais assustador do que o método da agressão é a vontade incontrolável de agredir.

Enquanto os espíritos não forem desarmados, mudarão as armas, mas o ódio, incontido ou dissimulado, sempre achará um instrumento que sirva para extravasá-lo.

O médico que somos é o melhor que podemos ser?

A medicina avançou no último século mais do que em todos os tempos. Nunca houve tanta informação disponível nem tantos instrumentos de atualização, o que resultou no médico contemporâneo que, na média, é mais habilitado tecnicamente e, sem dúvida, sabe mais sobre doenças do que seus antecessores.

O grande paradoxo que vivemos é que, apesar de sermos imensamente mais qualificados, os pacientes não nos percebem melhores. E justamente eles, que são os árbitros mais importantes na valorização desses avanços. Por conta disso, nunca houve tantas queixas e demandas judiciais, sobrecarregando nossos conselhos regionais de medicina.

Se quisermos recuperar, pelo menos em parte, o glamour que sempre caracterizou a profissão médica na sociedade de todos os tempos, devemos assumir os erros que cometemos. O maior deles foi ignorar que, apesar de toda a tecnologia, nada se modificou ao longo do tempo em relação aos sentimentos dos pacientes, que desde sempre têm as mesmas angústias, temores da morte, expectativas, frustrações e esperanças, inerentes ao ser humano.

A figura da pessoa que adoeceu passou a ser ignorada porque o médico, deslumbrado com a tecnologia, passou a estar antes, e quase exclusivamente, preocupado com a condução da doença. A sofisticação técnica e o crescimento exponencial da inteligência artificial vão, sem dúvida, estabelecer novos paradigmas para a medicina do futuro. Neste contexto, uma questão importante diz respeito à ética profissional. Os cuidados éticos seriam assim resumidos: não podemos ficar à mercê da tecnologia e dos seus financiadores. Temos que buscar o equilíbrio entre o modismo sedutor e marqueteiro e o benefício real do paciente, porque afinal nem tudo o que é possível fazer é razoável que se faça.

A melhor proteção que o médico pode oferecer a si mesmo, reduzindo os riscos de denúncias e demandas judiciais, é priorizar, em todas as circunstâncias, o benefício do paciente. Se agirmos como advogados do cliente, no sentido de transformá-lo em nossa única causa, e, apesar disso, circunstancialmente, der tudo errado, sempre haverá quem nos defenda.

Se, no entanto, uma escolha propedêutica ou uma opção terapêutica resultar da pressão dos planos de saúde ou dos gestores do hospital, e por uma razão qualquer resultar numa evolução desfavorável, o médico, vítima dessa armadilha, se descobrirá na mais completa solidão para enfrentar as consequências de um caso perdido.

Pacientes muito mais informados do que antigamente, uma medicina mais invasiva, o que aumenta o risco de complicações e, muito importante, um atendimento médico despersonalizado na rede pública, aumentaram muito os riscos de demanda judicial diante de um desfecho indesejado.

Quem já exerceu a difícil tarefa de juiz de condutas médicas nos conselhos regionais certamente aprendeu uma lição valiosa: é muito raro que por trás de uma demanda judicial não exista a história de uma rusga ou um atrito entre o médico e o paciente ou a sua família. Se a má evolução for antecedida por um relacionamento hostil, a demanda judicial será uma consequência previsível.

Da minha experiência pessoal, uma observação que faz todo sentido: médico que abraça seus pacientes raramente é processado. Se você não acredita que isso faça diferença, só temos uma estratégia para avaliar essa sugestão: abrace.

Em resumo, ficaremos mais próximos do médico que pretendemos ser a partir da valorização de uma relação médico-paciente empática e generosa. E esta expectativa se cumprirá porque ela é a relação interpessoal não amorosa mais densa que se pode estabelecer entre dois seres humanos, que eram completos desconhecidos até que um deles adoeceu. E é exatamente a intensidade dessa relação que faz da verdadeira medicina uma inexcedível usina de gratidão.

O país em que eu sonho viver

"O verdadeiro velho é o que desistiu de ser um outro!"

MIA COUTO

Excluídos os 32 milhões de brasileiros desiludidos, que mesmo estando habilitados desistiram de votar, parece adequado um momento de introspecção para ponderarmos o quanto podemos ainda contribuir para a construção de um país que represente minimamente os nossos sonhos fundamentais.

O país em que eu sonho viver deve combater ferrenhamente a desigualdade social, pela busca do desenvolvimento econômico que ofereça a todos iguais condições de realização pessoal por desempenho. E sempre renunciando à degradante doutrina que propõe igualdade pelo empobrecimento coletivo.

O país em que eu sonho viver deve ser inteligente para copiar o modelo de países que deram certo e fugir das utopias delirantes que empobreceram continentes inteiros. Para isso, todas as bolsas assistenciais, indispensáveis para a *sobrevivência já*, devem estar vinculadas à presença dos filhos na escola.

O país em que eu sonho viver deve priorizar a educação, entendida como alicerce do desenvolvimento sustentado, e oferecer cursos profissionalizantes em todas as áreas, entendendo que técnicos bem-sucedidos têm muito melhores condições de acesso à felicidade do que doutores desempregados por saturação de mercado.

O país em que eu sonho viver deve valorizar ao máximo a figura do professor, estimulando-o e remunerando-o dignamente, porque só assim ele se sentirá reconhecido, condição indispensável para se buscar a excelência em qualquer atividade.

O país em que eu sonho viver deve priorizar a cultura e oferecer a todos os seus filhos a formação elementar que lhes permitirá a fuga do rótulo aviltante de massa de manobra.

O país em que eu sonho viver deve formar médicos da melhor qualidade, evitando a iniquidade de considerar que para as pessoas desassistidas qualquer arremedo de medicina serve.

No país em que eu sonho viver, a imprensa deve ser um baluarte da consciência popular, fugindo do sensacionalismo barato que alimenta os piores instintos humanos, esses que persistem enraizados, mesmo depois que, teoricamente, nos tornamos mais civilizados.

No país em que eu sonho viver, todas as opiniões devem ser valorizadas desde que respeitem os limites da verdade, da convivência harmoniosa e da civilidade.

No país em que eu sonho viver, os políticos precisam ter caráter e coragem de exercê-lo no limite da resistência, que deve brotar da inegociável convicção de que, nesta nobre atividade, não há espaços vazios, e os que forem negligenciados pelos honestos serão ocupados pelos vigaristas.

No país em que eu sonho viver, a justiça deve ser exercida por profissionais progressivamente mais qualificados, de modo que alcancem o topo da pirâmide por concurso, que, privilegiando a meritocracia, eliminará a gratidão, esse sentimento maravilhoso, mas que na conjuntura equivocada contamina a independência entre os poderes magnos de qualquer república que repudie diminutivos.

Na história das nações, o Brasil é um país jovem demais para desistir de ser um outro. Mesmo que isso pareça uma utopia, não nos isenta da responsabilidade de persegui-la, para que os nossos descendentes não se envergonhem do nosso legado. Enquanto ainda há tempo, pensem no quanto será constrangedor deixá-los perceber que, por inércia ou covardia, desistimos de viver no país que sonhávamos.

O poder da emoção

"A vida é agora, aprende. O pó acumula todos os dias sobre as emoções."

CAIO FERNANDO ABREU

Como convém que façamos periodicamente, vamos proceder uma triagem das nossas lembranças. Tratamos logo de excluir as desagradáveis, essas que envolveram sentimentos que nos envergonham ou deviam envergonhar, como inveja, ódio, indiferença e ingratidão, e nos fixemos naquelas que nos dão prazer de relembrar.

E o que elas têm em comum? Obrigatoriamente, a emoção. A valorização da capacidade de se emocionar é uma divisória entre as pessoas que valem a pena e aquelas que não podemos perder a oportunidade de evitar, porque a vida é curta demais para ser desperdiçada em miudezas. Uma vida sábia é identificada pela capacidade instintiva de selecionar para o compartilhamento de grandes alegrias ou inesquecíveis tristezas aqueles parceiros capazes de expressar emoções com naturalidade e repartir silêncios sem desconforto.

Em algumas profissões, como a medicina, por exemplo, a emoção é imprescindível como o primeiro degrau de acesso à empatia, esta reconhecida como exigência básica para quem se exponha ao desafio de compartilhar o sofrimento alheio. Na relação com os estudantes de medicina e residentes, como já escrevi, tenho insistido em desmascarar o argumento fajuto de que o médico deve manter uma certa distância dos sentimentos do paciente para que isso não interfira na imparcialidade de suas decisões nas condutas mais dramáticas. Por sempre acreditar exatamente no contrário, tenho insistido que os médicos não devem se esconder para chorar quando der tudo errado, porque nada aproxima tanto o paciente do seu médico quanto a percepção de estar diante de um ser tão parecido com uma pessoa normal, que não se constrange de oferecer parceria quando nem tudo saiu como esperado.

Admitindo que é uma tolice a pretensão de mudar as pessoas pela insistência de um discurso disciplinador, proponho que evitemos os rígidos, porque eles são irrecuperáveis, e nos detenhamos nos emotivos, que têm fragilidades análogas e dividem a crença de que a vida, sem emoção, fica vazia.

Entre os meus amigos selecionados por esta virtude está o Roberto Coral, um grande cirurgião, com a emotividade exacerbada dos italianos, e que escreveu um lindo texto sobre uma crise de choro incontrolável quando descobriu, num passeio aleatório pela cidade, a beleza da praça de São Marcos, uma referência turística da encantadora Veneza.

Muitos dirão que também sentiram um aperto no peito quando chegaram de barco pelo grande canal e se depararam com aquela imensidão de arquitetura e história medievais. Tento sempre esquecer de uma socialite que não resistiu a se queixar da quantidade de pombos ("Esses ratos de asas que transmitem doenças!") e que certamente não perdeu seu precioso tempo para descortinar a indescritível imagem panorâmica do alto da torre da catedral.

Mas, para justificar esta crônica, é preciso dizer que o Coral é muito mais do que um italiano chorão. Ele é um cara portador de uma delicadeza emocional reconhecida pelos seus amigos diretos, que lhe assegurou o direito de repetir o choro na segunda visita à praça de São Marcos, porque a sensibilidade, como se sabe, está sempre de tocaia no coração dos generosos, esses convictos de que as grandes emoções se renovam na recidiva.

E naturalmente ele não fez nenhuma referência ao revoar dos pombos, porque já aprendeu que os ratos estão em todo lugar, e nao vale a pena gastar uma só palavra com eles.

O quanto a dor do outro pode me afetar?

O instinto da negação, que tantas vezes criticamos no outro, mais vezes nos protege quando a tragédia ainda não bateu na nossa porta, mas anda solta pela vizinhança. Muito raramente pensamos que, por absoluta similitude, aquilo podia estar acontecendo conosco, mas preferimos ignorar porque, afinal, numa visão muito adequadamente autoprotetora, consideramos não merecer.

Muitas vezes, no entanto, nos deparamos com situações em que personagem, família e circunstância em tudo se pareciam com a nossa própria vida e, por algum mecanismo superior desconhecido, tínhamos sido poupados. Nem sei que nome dar a essa benesse. O convite para o olho do furacão chegou numa carta com um apelo, desespero puro, desses que só uma mãe consegue exprimir.

Seu filho, Eduardo, tinha 27 anos e um diabetes juvenil severo e de difícil controle, que o levara à cegueira no ano seguinte ao da graduação em medicina. Também por causa da doença de base, evoluiu para insuficiência renal, que o conduziu à hemodiálise.

Por conta de uma neuropatia periférica grave, perdeu a condição de deambular e, três vezes por semana, era visto entrando na unidade de hemodiálise, nos braços do pai, homem de uns sessenta anos, grande e forte. Meses depois foi submetido a um transplante renal intervivos, tendo como doadora sua irmã mais velha. Por uma série de intercorrências, acabou perdendo o enxerto e voltou à diálise.

Num dos muitos comas relacionados com o diabetes precisou ser intubado e desafortunadamente desenvolveu, por conta disso, um estreitamento da traqueia. Aqui a mãe encerrou a descrição da tragédia e fez um pedido candente: "Eu soube que o senhor tem experiência com cirurgia de traqueia e talvez possa fazer com que meu filho volte a falar. Acontece que eu não tenho recursos para levar o meu Eduardo até Porto Alegre, e então meu pedido: pense com um coração de mãe e considere a possibilidade de vir operá-lo aqui, na nossa cidade".

Nem precisei considerar muito. Fui. Antes que eu pudesse vê-lo, uma irmã me segredou: "Ele não pode mais ser deixado só no banheiro, porque mais de uma vez tentou o suicídio dando cabeçadas na pia". Isso explicava mais que o hematoma no rosto. Era a revelação escancarada do desespero pela solidão na doença.

Conviver com o sofrimento, a coragem e a resiliência daquela família foi inesquecível. Mais ainda a mensagem que eu recebi na véspera do Ano-Novo:

"Sofri neste ano mais do que jamais imaginei que uma pessoa pudesse sofrer. Mas muitas vezes lembrei de você por ter permitido que eu, ao menos, pudesse falar do meu sofrimento. Feliz Ano-Novo, e que Deus cuide de você melhor do que tem cuidado de mim.

Assinado, Eduardo. Ditado em 23 de dezembro..."

Para quem ainda tem alguma dúvida: a dor da solidão é a mais difícil de suportar, mas muitos médicos ainda cometem a ingenuidade de pretender tratá-la farmacologicamente.

O que a generosidade faz com as pessoas

"A verdadeira generosidade é você dar tudo de si e ainda sentir-se como se isso não lhe tivesse custado nada."

SIMONE DE BEAUVOIR

Há muito se sabe que fazer o bem faz melhor àquele que o fez do que àquele que o recebeu. O sentir-se bem sendo generoso está na essência do gesto e não no tamanho da doação. Não importa que o doador seja milionário para quem a doação não tenha uma superdimensão material. O que importa é o quanto a decisão de doar, o que quer que seja, tenha servido para modificar a vida de alguém.

Os que descobriram o encanto de doar passam a ser movidos pela gratidão do outro e se transformam, geralmente sem perceber, em arautos da doação, porque faz parte da personalidade do generoso, muito mais do que o bem material doado, servir de modelo a quem ainda não descobriu o fascínio de se envolver em uma tarefa solidária que, pela pureza de intenções, desencadeia um efeito cascata que ultrapassa os limites da própria individualidade.

Da minha experiência na Clínica Mayo chamou-me a atenção que a maioria dos edifícios da clínica tivesse o nome de alguma família doadora. Indo atrás do motivo da doação, encontrei relatos, geralmente envolvendo uma experiência médica bem-sucedida, em que um familiar tinha sido salvo e o mérito atribuído à excelência do atendimento médico. Mas na maioria dos casos uma placa ao pé do busto de um casal doador anunciava o gesto como retribuição ao trabalho oferecido e um estímulo para que a obra social se mantivesse.

A nossa Santa Casa, como hospital filantrópico, muitas vezes tem sido destinatária de doações de pessoas ou famílias que se sensibilizaram com o reforço institucional para tratar com dignidade os indigentes na era pré-SUS e depois (1988), para assegurar que todos os pacientes tivessem acesso à tecnologia moderna, que o SUS, com suas restrições econômicas, não conseguiria oferecer.

Famílias e grandes empresas com senso de responsabilidade social têm contribuído de maneira mais expressiva ao longo dos últimos quarenta anos, não apenas para restaurar a estrutura física, como para construir unidades novas, que qualificaram a instituição como um moderno complexo hospitalar que nunca negligenciou sua missão de misericórdia, expressa pela oferta de idêntica sofisticação tecnológica entre pacientes do SUS ou de convênios, usando o lucro do atendimento privativo para subsidiar o déficit do SUS.

Neste sentido, a inauguração do oitavo hospital do complexo terá importância fundamental na sustentabilidade futura da Santa Casa. A generosa contribuição do casal Alexandre Grendene e Nora Teixeira foi, e continuará sendo, decisiva para a concretização desse projeto, que mais do que empolgação exigirá continuidade. Foi comovente e emocionante observar a reação da Nora quando soube que teria seu nome na linda fachada do hospital.

Mas a comemoração durou pouco. Ela só quer saber dos novos projetos, envolvida que está neste círculo virtuoso que toma conta das pessoas bem resolvidas que descobriram o incomparável prazer de cuidar de alguém e alcançaram a transcendência que envolve a percepção de que nada encanta mais do que dar a um desconhecido uma alegria que sozinho ele nunca conseguiria.

O destino é aleatório

"O destino baralha as cartas, e nós jogamos."

Arthur Schopenhauer

A busca constante da felicidade é completamente coerente com a nossa tendência de renunciar a sacrifícios e fugir de qualquer forma de sofrimento físico ou emocional. Mas isso não contradiz a observação de que as pessoas que passaram, sem terem escolhido, por uma grande provação se mostrem mais predispostas ao convívio humano empático e generoso. O sofrimento é uma escola circunstancial, involuntária, que acolhe vítimas de alguma tragédia aleatória, para cuja sobrevivência se exigiu predicados de grandeza que ou não existem ou estão adormecidos na maioria dos acomodados na paz de espírito dos que se sentem felizes.

As pessoas agraciadas com a conivência do acaso a viverem com o vento a seu favor nunca se preocupam em agradecer por terem sido selecionadas para a felicidade e seguem exultantes com a sua própria sorte. Alguns, igualmente sem escolha, são jogados no turbilhão do infortúnio, seja por ruína financeira, uma doença degenerativa, um inesperado abandono afetivo ou a morte extemporânea de um amado.

Como a vida segue seu rumo implacável, completamente indiferente aos nossos sonhos, preces e promessas, esses dois grupos se encontrarão no futuro, porque não há como evitar esses confrontos. E quem for espectador atento terá a chance de aprender com as diferenças. O médico, por força da sua atividade, é o profissional que mais vezes se defronta com pessoas que foram expostas aos extremos da alegria e da tristeza. E é exatamente da convivência com o paradoxismo dessas vivências que se pode construir, com humildade e olhos e ouvidos muito abertos, alguma sabedoria.

Costumo alertar aos doutorandos que logo adiante irão frequentar diuturnamente este verdadeiro laboratório de sentimentos humanos, e espera-se que adquiram um tipo especial de sapiência que brota no sofrimento e que não se encontra nos livros acadêmicos. Na verdade, se depois de dez anos de atividade regular, o médico ainda não se transformou num especialista em gente, só tem uma explicação: ele não se deu o tempo de ouvir as pessoas e, infelizmente, não aproveitou a oportunidade ímpar de aprender com elas.

Estou convencido de que a alegria e a tristeza são as únicas linhas paralelas que, um dia, se encontrarão. Quando penso nisso lembro do Adroaldo, que me escreveu dizendo que me considerava muito exigente na eleição dos pré-requisitos para a felicidade. Na sua opinião, o que está faltando no mundo é simplicidade. E que não entendia essa dependência crônica de ajuda de psicoterapeutas e coaches, quando só bastava que o mundo fosse menos exigente consigo mesmo. Para ilustrar sua convicção, contou que, ao fazer um churrasco solitário num domingo ensolarado, se deu conta de que era feliz e do quão pouco precisava para que isso acontecesse.

E, no outro extremo, a Ana, que perdeu a filha amada depois de meses de luta insana em que varou noites de desespero e dias de esperança, e chegou a provar a sensação fugaz de que tudo tinha finalmente dado certo quando, de repente, um inimigo que infelizmente ainda não conhecemos bem, chamado rejeição, chegou para dizer que ainda não era hora de festejar. Semanas depois, quando quis saber como estava sobrevivendo à maior dor, ela resumiu: "Tentando juntar os cacos, mas está muito difícil, porque tenho um buraco no peito e os braços vazios. Mas sigo lutando, procurando viver um dia de cada vez, e a propósito, só por hoje, está dando certo: sobrevivi!".

O que o sofrimento faz com a gente

"Quando a dor é muito grande, o sofrimento é silencioso."

Rubem Fonseca

É impossível trabalhar como médico, especialmente na alta complexidade, sem conviver com formas extremas de sofrimento envolvendo pessoas que se parecem com a gente, e que, algumas vezes, com certeza são melhores do que nós. A multiplicidade de agressões físicas ou emocionais impostas a pessoas comuns, sem justificativa visível, é impressionante e, na maioria das vezes, a julgar pelas aparências, francamente imerecida.

Durante a atividade médica, várias vezes me deparei com pacientes da minha idade vivendo situações dramáticas, enquanto eu, por razões fortuitas e desconhecidas, seguia meu rumo ileso, livre para aproveitar a ventura das melhores escolhas. Com o passar dos anos, cresceu em mim o senso de gratidão por continuar sendo poupado e, algumas vezes, respondi à pergunta de pacientes: "Que idade o senhor tem?" com a sensação estranha de que por trás da inocente curiosidade da questão estivesse implícito o questionamento queixoso de "E o que eu fiz para merecer?", o que só aumentava a angústia de não ter como responder por quais critérios somos poupados ou selecionados para as agruras do sofrimento.

As tragédias, com vestimentas variáveis, acompanham a vida do médico, e às vezes com tal intensidade que desafiam nossa predisposição saudável de deixá-las na porta do hospital e, disfarçando felicidade, acabamos levando-as para o desassossego das nossas madrugadas.

Doenças crônicas, que implicam em *vias crucis* alongadas, e lesões incapacitantes definitivas lideram o pelotão do infortúnio, especialmente em pessoas que, pela juventude, têm maior noção de vida desperdiçada. Nesta condição, nada é mais importante para a sobrevivência emocional da vítima do que a confiabilidade do seu manto amoroso, se contrapondo à trágica junção da tristeza da doença incapacitante com a atrocidade do abandono.

Duas questões são difíceis de dimensionar: qual o limite do sofrimento tolerável, e quais consequências trará para a vítima desavisada? A capacidade humana de sofrer é ilimitada, e os pacientes, com frequência imprevista, encontram forças que ignoravam ter. Mas, do ponto de vista psiquiátrico, "a tragédia por si só é sempre transformadora, para melhor (resiliência) ou para pior (depressão e impulsividade). Em ambos os casos demonstra quem somos em nossa intimidade".

Algumas vezes, a vítima, sentindo-se fera ferida, comporta-se como tal, espalhando ressentimento ao seu entorno, sem nenhuma preocupação que na sua ânsia de revanche indiscriminada possa estar magoando pessoas completamente alheias às causas do seu sofrimento, e ignorando que projetar amargura ao redor de si não faz mais do que chamar de volta a amargura multiplicada. Esse círculo vicioso em crescimento exponencial tende a tornar ainda mais amarga a vida do sofredor.

Felizmente, algumas pessoas com espírito superior substituem a revolta por iniciativas sociais que buscam poupar pessoas e famílias desconhecidas de igual sofrimento, e, sem perceber, estão reafirmando a esperança no ser humano e liberando vagas no purgatório.

O que se faz por amor

> *"Penso que chega um momento na vida da gente em que o único dever é lutar ferozmente por introduzir, no tempo de cada dia, o máximo de eternidade."*
>
> GUIMARÃES ROSA

Demorei um tempo para entender que carência afetiva e timidez, duas condições que não são vistas como virtudes, podem ser úteis na construção de um modelo de relacionamento pessoal mais generoso. Se isso é verdade, e estou convencido que sim, essas "fraquezas" podem se converter em vantagens na construção do perfil do cuidador de pessoas que é, na essência, o aspecto mais nobre e sedutor da relação médico-paciente.

Recuando no tempo, ainda estudante, quando ouvi de um paciente pela primeira vez que ele queria ser cuidado por mim porque eu dava importância ao que ele dizia, me encantei tanto que nem me animei a dizer que eu ainda não era, de fato, um doutor, muito menos a explicar que ouvir era só o que restava a quem nem sabia o que perguntar. Mas saí daquela conversa determinado a ser, no futuro, o médico que ele imaginava que eu já fosse.

Daí em diante, tendo mergulhado nesse círculo virtuoso que estimula o cuidado de quem precisa de ajuda, e que generosamente garante um retorno afetivo sob a forma de gratidão, tudo passou a ter a naturalidade de ação e consequência.

A percepção de que a reciprocidade afetiva é a grande maravilha dessa profissão coincidiu, duas décadas depois, com o início da experiência nova e desafiadora de trabalhar com transplante, um intercâmbio emocional incomparável pelo perfil de irresignação e coragem de pacientes determinados a viver, custasse o que custasse, e o quanto isso exigia de disponibilidade afetiva do médico.

Dez anos mais tarde, estava confortável por reconhecer o que significara o compartilhamento das emoções, expectativas e medos que emergem com grande intensidade na convivência diária com a ansiedade dos pacientes aguardando o momento imprevisível do transplante, ou com o deslumbramento dos já transplantados, surpreendidos pelo comovente exercício de ressignificação da vida. Essa combinação tinha propiciado um incremento significativo no meu jeito de ser médico, porque tinha sido testado no que considerava, naquele momento, o grau máximo da relação de um médico com seu paciente; e eu, claro, tinha penado e aprendido muito.

E então foi um susto quando mergulhei num mundo insuspeitado: o do transplante com doadores vivos, onde todas as exigências emocionais exercidas no limite do desespero, que eu já conhecia, agora ganhavam o acréscimo do amor incondicional de quem aceitava, para a minha surpresa, com alegria, a missão de ceder uma parte de si para que um amado seu tivesse uma última chance.

Marcou muito daquela época uma experiência que envolveu a busca dos dois doadores indispensáveis para substituir os pulmões destruídos de uma fofinha de sete anos, portadora de fibrose cística, e que era o centro afetivo daquela família. Com uma mãe determinada à doação e um pai incompatível, cogitou-se que uma irmã, de catorze anos, pudesse ser a segunda doadora.

Quando a comissão avaliadora se esmerou em apurar a maturidade psicológica daquela adolescente e do quanto tinha noção do tamanho do gesto, ela foi definitiva: "Eu não quero discutir outras razões porque sei que não conseguiria viver se a minha maninha morresse porque não fui capaz de doar". A solidez da decisão emergira do amor fraternal sem limites, esse sentimento que brota espontaneamente no coração dos que só querem retribuir, e que é sofisticado demais para se encaixar nos algoritmos inflexíveis da inteligência artificial.

Lembro de um jovem que confessara que doaria com convicção, mas que temia a operação para retirada de uma parte do seu pulmão para o transplante da irmã. Quando o encontrei na UTI, dias depois, ele massageava carinhosamente o tórax dela, e ao me ver confessou: "Estou seguro de que este lobo não me fará falta. Só vim passar umas recomendações a este filho da mãe!".

Mais recentemente, me engasguei ao ouvir uma entrevista no rádio de um jovem que, ao ser perguntado qual tinha sido a motivação para doar parte do seu fígado para um transplante da sua mãe, respondeu que "decidira doar porque não achava justo que o seu irmãozinho menor tivesse durante menos tempo o privilégio que ele tivera de conviver com aquela mãe maravilhosa". Desliguei o rádio. As informações sobre o trânsito e as previsões de tempo podiam esperar. O choro, não.

O que separa as pessoas

Se houvesse um bazar de sentimentos onde esses pudessem ser estocados, e tivéssemos que dar um escore a cada um deles, de modo que nos permitisse hierarquizá-los, qual deles você colocaria no topo da sua lista?

Certamente esperança e gratidão ocupariam um lugar de destaque nesse rol, porque precisamos delas para energizar o que queremos ser, e do reconhecimento quando o que conseguimos merece respeito. Mas quando recapitulamos os acontecimentos considerados inesquecíveis, quase sempre se sobressai a emoção. Porque é ela que traz, na sua essência, os mais poderosos fixadores da nossa memória. É pela emoção que são guardados nos arquivos implacáveis da nossa reminiscência afetiva os melhores e os piores momentos das nossas vidas.

Quando estamos felizes por alguma coisa boa que construímos, a emoção brota espontânea, mas quando a maré não é tão generosa, e por isso estamos carentes, festejamos até a fala providencial de um amigo exagerado. Aliás, aprendi a considerar imprescindível este tipo de amigo para se contrapor aos supersinceros, sempre dispostos à verdade absoluta. Sem contar o quanto parecem mais animados (ou seria exultantes?) quando a tal verdade é absolutamente ruim.

Quando alguém relembra um acontecimento do qual pretensamente participamos e que lhe pareceu importante, mas nós nem lembramos bem, é porque do nosso lado a emoção não existiu, ou foi muito pobre. Como a emoção ou a falta dela são determinantes de entusiasmo ou enfaro, pode confiar que esse quesito servirá de parâmetro para antecipação ou atraso na aposentadoria de colegas de trabalho, que elegeram fazer na vida uma determinada atividade que, para eles, não despertava igual emoção.

Para alguns, o alegado cansaço e a busca do merecido repouso depois de anos de trabalho traduzem apenas a escassez de emoções na rotina do que faziam. Ou haverá outra explicação para que alguém que já aprendeu tudo o que podia, não começou a esquecer e tem uma saúde intacta, se aposentar por tempo de serviço? Ou seria tempo de sacrifício?

No outro extremo vamos encontrar aqueles que mantêm o brilho no olho mesmo depois que a diminuição de energia física, essa inegociável imposição da velhice, chegou sem ter sido convidada.

Revisem as biografias dos aposentados precoces e dos que mantiveram o entusiasmo pelo que faziam até a morte, e inexoravelmente perceberão que a pobreza ou a exuberância de emoção no que faziam foi o diferencial decisivo. E dariam sentido à resposta daquele professor, que já bem velhinho, quando lhe perguntaram se não pretendia se aposentar, não teve dúvidas na resposta: "Não, eu pretendo viver mais um pouco".

O sagrado direito de decidir

Vamos chamá-lo de Evilásio, acho que ele não ia se importar. Era o patriarca de uma família enorme que, com o passar dos anos, foi quase duplicada com o acréscimo de noras e genros, esses penduricalhos que a vida acrescenta às famílias normais. Com o tempo, esse inexorável atropelador de hierarquias, ele foi ficando mais lento, de fala e de marcha, e sentiu, mais do que ninguém, a desvalorização progressiva da sua vontade.

Confessou ao seu médico que não andava se sentindo muito bem, mas não comentaria com a família antes de saber qual era a sua perspectiva de vida futura, porque seus filhos "eram muito espalhafatosos". Constatada a presença de um tumor pulmonar em estágio III, foi inevitável a participação da prole, porque muitas decisões terapêuticas futuras exigiriam consenso familiar.

E, então, numa sessão que mais se assemelhava a uma reunião de condomínio, todos palpitaram desassombradamente:

"Quimioterapia de jeito nenhum, mamãe morreu por causa dela."

"Mas os tempos mudaram."

"Mudaram nada, as pessoas continuam morrendo de câncer, com ou sem quimioterapia!"

"Ouvi falar numa tal de imunoterapia."

"Essa é a nova febre da medicina com uns remédios que custam o olho da cara!"

"Cirurgia, não. Com 85 anos, ele não sai da mesa de operação!"

"Mas falam maravilhas de cirurgia com vídeo..."

"Não acredito em milagres, cirurgia é cirurgia."

No canto da sala, o Evilásio, blindado por uma pretensa surdez, assistia a tudo com olímpica indiferença. Quando a paciência acabou, ele tentou intervir, mas, como ninguém deu bola, ele passou a bater palmas, até que, convencidos de que ele não pararia de aplaudir, porque esta estratégia já funcionara na semana anterior, todos calaram a boca. Enquanto Evilásio engatilhava o discurso, uma nora resolveu atualizá-lo da situação. "Querido sogrinho, estamos discutindo o que é melhor pra você!"

"Sei disso, minha querida, mas eu só queria me inscrever para participar da discussão, considerando que sou uma parte bastante envolvida com o problema!"

Além de uma avaliação equivocada da intensidade da surdez, havia uma decisão colegiada de que ele, responsável pelo destino de uma grande família durante 65 anos, agora tinha que sujeitar-se a ser rebaixado à condição de mero espectador do seu destino.

Quando o filho caçula esboçou um início de discurso, ele voltou a bater palmas e, recuperado o silêncio, sacramentou: "Esta discussão, além de inútil, é injusta com vocês, que não têm formação técnica no assunto. Eu, por sorte, tenho um médico da minha confiança, que sabe muito do assunto, e vou fazer o que ele achar melhor. Então vamos servir o chá, porque o cheiro de bolo assado já chegou aqui".

Se eu pertencesse àquela família, teria começado a aplaudir, mesmo que o chá esfriasse.

O ser rancoroso

"Não odeie seus inimigos. O ódio atrapalha o raciocínio."

MICHAEL CORLEONE,
O poderoso chefão

Mesmo as pessoas mais pacíficas experimentaram em algum momento da vida um surto de raiva, que a maturidade nos ensina a controlar. Nada de errado que isso ocorra, desde que esse sentimento inferior não passe a fazer parte da rotina daquela criatura. Porque, quando isso acontece, todas as reações positivas ficam obscurecidas, tamanho o peso do ódio crônico incorporado ao cotidiano. Uma passagem de olhos pela mídia assusta pela proliferação do perfil odioso, deixando a sensação de que o ódio tem melhor memória do que o amor.

Difícil saber se esse modelo pitbull, que fez da rede social o seu habitat preferencial, já existia desde sempre, ou se contando com essa imensa vitrine sentiu-se, como nunca, estimulado a dar o melhor de si rumo à iniquidade. É compreensível que esta vítima, além de traços de caráter indispensáveis, tenha passado (ou atraído) vivências que atropelaram sua frágil autoestima. Com todas as circunstâncias puxando pra baixo, construiu-se o protótipo definido como rançoso e deprimido, que, sem escolha, tornou-se um solitário mal-amado. Não conseguir manter um relacionamento afetivo, porque este convívio seria intolerável para o outro, só serve para torná-lo ainda mais raivoso.

Mas, como em qualquer situação, somos naturalmente impelidos a buscar companhia, e este tipo rapidamente se liga a um partido ou facção que tenha como marca o ódio ao sucesso, profissional ou amoroso, de alguém. E mais insuportável ainda será se o pretensioso tiver os dois.

Vivendo atormentado pela pressão da amargura e do fracasso, ele é incapaz de admitir qualquer expressão de generosidade. Mas como nem o rancor resiste à ação corrosiva do tempo, ele se dedica, fervorosamente, a renovar o estoque odioso, para não ser confundido com esses frouxos que se deixam levar por sentimentos que, intimamente, não consegue entender como virtude.

Como o corpo não resiste fugir do que a mente determina, o protótipo rancoroso se exterioriza monotonamente em características físicas reconhecíveis à distância: o cenho constrito, a tendência à sudorese excessiva, uma acidez gástrica permanente e uma pressa que lhe acelera o passo mesmo quando não tem um destino determinado para alcançar. Não conseguindo suportar o peso do modelo que construiu, ele está sempre se deslocando com rapidez, como se fosse possível deixar a si mesmo para trás. O desleixo físico é usado como um crachá para não ser confundido com esses pusilânimes que se preocupam com aparência quando o mundo todo está desmoronando.

E para manter-se odiosamente ativo, não dá tréguas ao seu propósito e está sempre buscando causas que se oponham ao senso comum numa tarefa antiquixotesca, em que tenta magoar gratuitamente a quem ousa aparentar qualquer indício de felicidade.

Alguns alvos são monotonamente escolhidos para que o ódio do mundo não arrefeça, e o modelo mais disponível tende a ser aquele arrogante e convencido que se acha no direito de ter opinião. E, se isso não bastasse, ainda contrária à sua.

O sofisticado humor português

"Nem a juventude sabe o que pode,
nem a velhice pode o que sabe."

JOSÉ SARAMAGO,
A caverna

É previsível que os portugueses, com tão rica história de poder desde a época em que o Brasil selvagem foi descoberto e devidamente colonizado, tenham algum resíduo de orgulho pelo produto final. Mas seria também compreensível que, tendo uma área territorial menor que Santa Catarina e uma população 10% menor que a do Rio Grande do Sul, houvesse algum incômodo com o crescimento do "monstrinho" metido a gigante pela própria natureza. Uma das áreas em que de vez em quando verte algum ressentimento é na intolerância a qualquer corruptela do idioma.

Como um legítimo patrimônio deles, se preferimos renunciar ao tupi-guarani para aderirmos à língua do colonizador, que ao menos respeitemos os padrões originais. E esta já seria uma justa pretensão deles. Com uma população vinte vezes maior, espalhada num país continental, devemos considerar um milagre que todos falemos português. Mas ao sentimento luso, isso não parece suficiente, e tanto brasileiros em Portugal quanto portugueses no Brasil trocam farpas idiomáticas, muitas delas recheadas de bom humor.

Uma ocasião, numa tarde do tórrido verão de Lisboa, ocupei uma mesa de bar e pedi ao garçom: "Por favor, uma cerveja bem gelada e uma porção de bolinhos de bacalhau!". "Não temos uma tal cerveja", foi a resposta. Num desânimo total, pedi uma Coca-Cola. Minutos depois, sentou-se numa mesa ao lado um casal jovem, e o mesmo garçom trouxe-lhe a cerveja dos sonhos, daquelas em que a garrafa, ao ser aberta, libera os vapores do choque térmico com a temperatura ambiente.

Quando reclamei, o garçom explicou com toda a calma: "Disse-vos que não tinha, porque pedistes uma cerveja gelada, e essa não sai da garrafa. Agora estou a perceber que estáveis a pedir uma cerveja bem fria, que é a maneira que servimos toda cerveja neste país e por consequência neste bar!". Tudo aquilo, com um risinho malcontido, foi de matar. Quando associei à lembrança de que os hispânicos chamam sorvete de gelado, achei melhor engolir. E quieto, como convém. Mas nessas reclamações há sempre uma dose de bom humor, com uma seriedade maldisfarçada, típica dos portugueses.

Tal como ocorreu quando José Saramago foi recepcionado com grande comoção em Belo Horizonte para a apresentação de *A caverna*, seu primeiro livro após o Prêmio Nobel de Literatura. Ao ouvir, na cerimônia de abertura, que "BH estava orgulhosa de sediar o lançamento do último livro desse genial escritor", agradeceu por todo o carinho e pela oportunidade de descobrir que a apresentação de um livro no Brasil se chamava "lançamento", o que lhe permitia imaginar que "no futuro próximo, talvez essa possa ser transformada em uma nova modalidade olímpica, considerando-se que já estão consagradas as de lançamentos de peso, disco e martelo!".

A seriedade impenetrável do olhar enquanto o público rolava de rir define o humor mais sofisticado: aquele em que o autor da piada não compartilha o riso. Ou ri para dentro.

O toque humano

Quando andar de mãos dadas significava apenas compartilhar afeto, e isso podia ser tão bom que de algumas mãos não queríamos mais soltar, tudo se justificava pelo querer bem, esse sentimento que, infelizmente, por ser demasiadamente subjetivo, não pode ser colocado em nenhum dos algoritmos básicos da inteligência artificial.

Então chegou a ciência, sem ter sido convidada, para contar as últimas novidades e explicar que o simples toque de alguém na nossa pele faz com que ocorram reações em nosso corpo, desencadeando respostas variadas, do tipo irritação e repulsa ou aconchego e acolhimento. As principais dessas células, de função ultraespecífica, são as células de Merkel, além de outras recém-apresentadas para essa função, não muito compreensíveis, mas, de qualquer forma, prazer em conhecê-las.

Para os seres humanos comuns, esses insignificantes dos quais estamos sempre querendo nos apartar (e no mais das vezes sem sucesso), tais reações bioquímicas não têm o menor significado porque, do ponto de vista prático, sempre parecerá suficiente a divisão entre agradáveis e desagradáveis. Essas reações bioquímicas nunca explicarão, por exemplo, por que determinados toques seduzem e enternecem, enquanto outros são repelidos, ou, os mais deprimentes de todos, são indiferentes.

Uma condição humana que torna a proximidade física mais importante é, sem dúvida, a doença, com o seu cortejo de sofrimentos e vulnerabilidades. Infelizmente, muitos médicos não percebem o poder do toque humano como instrumento de vínculo, que logo adiante será a senha de acesso à parceria. Quando o paciente diz que o médico, na primeira consulta, nem lhe encostou a mão, ele está reclamando disso, do afeto potencial abortado já no primeiro encontro.

Ed Gavagan (do TED Talk "Uma história sobre nós e cirurgiões"), um jovem nova-iorquino, passou por uma experiência terrível, tendo sido esfaqueado numa rua escura do Brooklyn, levado ao hospital numa situação dramática e operado durante a noite, com múltiplas lesões vasculares graves que resultaram na necessidade de transfusão de quarenta bolsas de sangue. Na manhã seguinte, despertou com uma dor excruciante, que comparou a acordar mergulhado num tanque de gelo.

Quando se deu conta de que o único lugar que não lhe doía era o peito do pé esquerdo, abriu os olhos e percebeu que exatamente naquele ponto se apoiava o polegar direito do cirurgião, plantado aos pés da cama, enquanto esperava que, por algum tipo de milagre, ele despertasse. O simples toque humano estabelecera ali um ponto único de analgesia. E vá a ciência, com seu viés de objetividade compulsiva, explicar um fenômeno desses.

Enquanto isso, o Alcindo se recuperava de um trauma grave de crânio, alternando períodos aleatórios de superficialização do coma. Durante a manhã na UTI, um jovem fisioterapeuta se dedicava a massagear suas mãos, depois que lhe contei da experiencia de voluntários americanos que, usando esse método elementar em cuidados paliativos, constataram uma redução em 50% do uso de analgésicos nesses pacientes.

Um dia, depois de uns dez minutos de massagem, já se preparava para ir embora, quando um pedido do paciente surpreendeu a todos: "Por favor, massageie mais um pouco, eu ainda não estou preparado para ficar sozinho com essas pessoas que nem olham na minha cara".

Ainda demorará um tempo para que a ciência explique a reação química que provoca a ternura. Enquanto isso, seguiremos testando fórmulas complexas que mascarem melhor a dor da solidão.

Os amigos exagerados

"Eu nunca vou abandonar o meu melhor amigo... Ele sabe de muita coisa."

AUTOR DESCONHECIDO

A realidade é boa e indispensável para que escapemos do delírio e da decepção compulsória que habitam aqueles puxadinhos de ilusão que construímos para tornar o nosso cotidiano suportável, mas ela é modesta, rígida e pouca. E por isso os amigos exagerados são tão importantes, acrescentando esperança de um futuro melhor, e mesmo sem nenhuma certeza de que ele virá, não desistimos de esperar que venha para garantir dignidade na sobrevivência.

Em tempos de carência afetiva, a palavra serena do amigo pode ser o único fio da esperança, visto de fora como o mais frágil dos nossos sustentáculos emocionais, mas só os solitários sabem da força desse fio. Os amigos exagerados, que tantas vezes lembram nossas mães na busca de virtudes inaparentes aos olhos dos deprimentes realistas, não precisam ser muito numerosos, mas devem ser ativos e presentes, porque nunca saberemos quando eles serão agudamente necessários.

E devem sempre manter um elogio engatilhado, mesmo que as justificativas não sejam visíveis aos desprovidos de afeto, esses que se orgulham de encarar a vida como ela é, ignorando que no mais das vezes ela é assim por culpa de quem não soube vivê-la.

Esses amigos precisam manter uma condição de equilíbrio saudável entre o que é real e o ridículo, com a preocupação constante de que nenhuma oportunidade de aplauso seja desperdiçada para se contrapor à inevitável sensação de que, na maior parte do tempo, somos muito menores do que gostaríamos.

Mas os amigos exagerados não servem apenas para manter nosso astral elevado, são figuras imprescindíveis como guardiões da nossa autoestima, sempre vigilantes contra a presença obstinada, atenta e beligerante daqueles antenados desafetos que não conseguimos evitar e que mantêm um elevado nível de concentração para detecção precoce, instantânea e irrefutável das nossas pobrezas espirituais.

Claro que encanta quando esse seleto grupo de amigos ganha a adesão voluntária e explícita de um tipo generoso e puro, como o Carlinhos Schwartsmann, que não se contentou com o elogio oral público e tratou logo de pôr no jornal, para preservar a memória definitiva do registro escrito. E, quando fui agradecê-lo, justificou: "Assumindo que não sei quanto tempo viverei, nem quanto tempo viverás, tomei a decisão de agradecer sempre que houver a possibilidade de contar com a presença do homenageado vivo".

Quem ainda não tem ao menos um amigo assim exagerado não deve desistir de procurá-lo. Se pudesse ajudar a encontrá-los, recomendaria que os buscasse entre os seus convivas mais felizes, maduros e bem resolvidos, esses tipos que transitam, descontraídos e sorridentes, naquele platô onde a mesquinhez e a inveja não alcançam.

Para refinar os critérios de busca e dispensar logo os oportunistas, busque-os entre os que marcam território pela naturalidade com que festejam as conquistas dos amigos. Esta atitude superior ultrapassa em sofisticação a gentil solidariedade de parceria no sofrimento, que é festejada e útil, mas muitas vezes tem como raiz principal a comiseração, um sentimento lindo, mas transitório e fugaz. Enquanto o brilho no olho pelo sucesso do amigo é, encantadoramente, definitivo.

Quem se importa com a sua dor?

"A dor é temporária, mas resistir a ela dura para sempre."

LANCE ARMSTRONG

No passado, era impossível a divulgação instantânea de tudo que acontecia com alguém que adoeceu. Dores e queixas eram consideradas propriedades do sofredor, apto ou não a resolvê-las sozinho. A emissão de cartas abertas aos órgãos de divulgação contando suas aflições soaria muito estranho, porque afinal as dores eram resultantes do drama de uma pessoa só.

Os de temperamento mais recatado até recomendavam que não devíamos compartilhar nossos problemas com quem não tinha como ajudar, porque isso muitas vezes pareceria matéria de fofoca para pessoas emocionalmente descomprometidas. Um velho tio, tão inteligente quando debochado, defendia que um comportamento mais introspectivo na adversidade era o melhor jeito de evitar a tristeza antecipada dos amigos, ou a alegria exagerada dos desafetos.

Em décadas passadas, uma importante preocupação de ordem emocional era evitar julgamentos cruéis diante de diagnósticos de certas enfermidades sugestivas de determinados comportamentos sexuais, como AIDS, ou doenças preconceituosamente consideradas incuráveis, como o câncer.

Na virada do século, ao lado da festejada qualificação técnica da medicina com crescente potencial curativo diante de doenças antes tidas como fatais, surgiu por força da racionalidade a medicina preventiva, na medida que se tomou conhecimento do quanto uma simples informação contida na divulgação podia contribuir para a redução de determinadas doenças.

Campanhas para a prevenção de doenças sexualmente transmissíveis e a doutrinação antitabagismo são exemplos exitosos desse processo. Claro que as redes sociais não podiam ficar ao largo dessa nova realidade, e imiscuíram-se de tal forma no cotidiano da sociedade que acabaram por despertar comportamentos insuspeitados, que passaram rapidamente de curiosa novidade à intransferível obrigação. A ponto de pessoas famosas se sentirem pressionadas a contribuir para a desmistificação de determinadas doenças ou comportamentos, divulgando o passo a passo de sua experiência sofrida. Isto, inegavelmente, trouxe benefícios para a população geral, tão carente de informação.

No entanto, alguns exageros carentes de bom senso se tornaram evidentes: muitos fãs colocam seus ídolos como propriedade privada, e no imaginário de suas fantasias exigem compartilhamento, em tempo real, de tudo o que acontece com eles.

Kate Middleton, a princesa de Gales, vivendo a experiência devastadora de descobrir-se com câncer aos

42 anos de idade, e mãe de três filhos pequenos, ignorou a cartilha. Comportou-se como uma pessoa dolorosamente normal, certamente mergulhada em perplexidade e sofrimento, e tomou para si um período de reclusão, para uma clara e justa introspecção de quem se sente ameaçada, numa idade em que morrer não faz o menor sentido entre os nobres, igualzinho aos plebeus. No vídeo, que gravou três meses depois da confirmação do câncer, transparece tanta coragem, dignidade, maturidade e resiliência, que abstraindo-se o encanto pessoal que derreteria a coroa de qualquer príncipe, ainda lhe sobram atributos para mantê-la no ponto mais alto do pódio da nobreza.

A mim, comoveu-me especialmente a revelação do quanto sofreu para encontrar um jeito de contar aos filhotes o que estava acontecendo. Pois essa criatura sofreu pesadas críticas, mormente por ter-se mantido em longo silêncio. Certamente remoendo umas tais dores que, desprovidas de critérios de escolha, saem por aí, a doer, sem poupar ninguém. Entre os algozes mais agressivos, sem dúvida estarão sempre os insensíveis, esses que diante de qualquer minúsculo problema pessoal inundam as redes com detalhes que não impactam ninguém, exceto àqueles que entenderão as queixas rasas como protesto pela insignificância indesejada.

Os descartáveis

"A miséria de uma criança interessa a uma mãe, a miséria de um rapaz interessa a uma rapariga, a miséria de um velho não interessa a ninguém."

Victor Hugo

Os médicos de verdade nunca se habituam com a ideia de atribuir naturalidade à morte simplesmente porque ela é o inevitável ocaso de todas as vidas. E muita gente passeia por aí porque, em algum momento em que tudo parecia perdido, alguém não desistiu.

Esta questão não é linear, mas como norma o exercício médico só será considerado maduro se, no caminho deste esforço, pessoal e tecnológico, houver a perspectiva de uma vida digna. O que evidentemente exclui aquelas situações de tratamentos fúteis, nos quais a protelação da vida é apenas um ritual de execrável crueldade com o paciente e sua família.

Os aspectos legais e humanitários sempre vêm à tona quando se considera a interrupção de tratamentos inócuos, muitas vezes caros e invariavelmente dolorosos. A decisão de abandonar o tratamento só é tolerável para o médico que está convicto da irreversibilidade do quadro clínico com desfecho iminente. Sem essa convicção, a tendência lógica, e eticamente correta, é observar um pouco mais.

Em situações trágicas, como grandes guerras e pandemias, há uma dramatização natural do contexto, quando as decisões sob tensão fazem de cada caso uma batalha emocional, e desencontros de opinião podem ser dramáticos e rudes, especialmente se arbitrados por estranhos que, distantes dos dramas pessoais, seguem à risca normas inflexíveis baixadas por burocratas, naturalmente despidos de qualquer resíduo de afeto.

A exposição profissional a este tipo de exigência gerou uma enorme carga de sofrimento aos médicos que, no auge da pandemia, foram obrigados a estabelecer prioridades, quando ficou evidente que não havia hospitais, leitos, ventiladores e medicações para todos os necessitados, e então pacientes mais jovens e com melhores condições de recuperação foram priorizados.

A mortalidade, seguindo estes critérios de seleção, foi devastadora em lares de idosos, alguns deles com doenças neurológicas degenerativas, com qualidade de vida comprometida, e convenientemente guardados em ambientes alheios, que emprestassem um mínimo de dignidade à espera indeterminável pela complementação da morte.

Quando algum desses velhinhos adoecia, exigindo cuidados de terapia intensiva, indisponíveis nesses asilos que nem de oxigênio dispunham, o desespero tomava conta dos assistentes e voluntários que, pendurados nos telefones de emergência, rapidamente descobriam que a senha para eliminar qualquer tipo de ajuda estava na resposta à primeira pergunta: "Que idade tem o seu paciente?". Sempre seguida da promessa falsa de que a primeira ambulância disponível seria encaminhada para aquele socorro.

A banalização das mortes, a sensação massacrante de que algumas delas poderiam ter sido evitadas, a pressão da imprensa por dados atualizados, o número crescente de casos, a falta de prazos definidos para alimentar a esperança, a indefinição do futuro das vacinas e a quebra diária do recorde de mortandade produziram inusitada democratização do desespero.

Para dramatizar ainda mais uma situação já completamente caótica, médicos e enfermeiras, tensos e esgotados pela exigência desumana de enfrentar plantões intermináveis, submetidos ao exercício constante da impotência, foram convocados à função de consoladores de familiares que tinham perdido seus amados, desprovidos do afeto mais elementar: o da proximidade física no fim da vida.

Quando se encontrava um técnico chorando pelo corredor, ainda havia a dúvida se este choro era pelo sofrimento compartilhado com uma família inconsolável ou pela notícia de que um colega de plantão tinha sido entubado ou morrido, porque a peste não poupava ninguém.

Comprovando que a pandemia foi uma tragédia universal, este é o argumento de *Help*, um filme que é o relato/denúncia das condições sub-humanas dos lares de idosos na Inglaterra, no auge da pandemia, no ano de 2020.

Prevenção do remorso

"Muitas noites não consigo dormir
de remorso das coisas que não fiz."
MARIO QUINTANA

Como de hábito, não valorizamos o que temos até que nos falte, e desperdiçamos um tempo irresgatável sem perceber que estamos armazenando remorso para pesar no futuro, depois que os amados se forem e a saudade bater, incômoda e inútil.

Cada vez que ouço alguém dizer que não passa um dia sem lembrar do seu pai ou sua mãe, só não pergunto, para não roçar na ferida, se essa necessidade afetiva significava uma chamada por dia enquanto eles ainda estavam por aqui.

Provavelmente não, afinal estamos tão atabalhoados, e além do mais sobram tantas desculpas, porque passaremos juntos o próximo fim de semana (ou será o feriado?). Melhor deixar para lá, de qualquer modo, adiante teremos tempo de sobra para atualizarmos o papo. E assim, de transferência em transferência, vamos gastando um tempo de convívio que não temos a menor noção do quanto será.

Com muita frequência, comento com os alunos da faculdade que uma condição perigosa do tempo maravilhoso que significa a planície dos vinte anos é a ameaça de que a crise de autossuficiência exacerbada, que caracteriza essa idade, mantenha-os afastados de suas famílias. Na verdade, um grande indício da chegada da maturidade é a percepção de que, de repente, estamos carentes daquele cuidado que nos pareceu sufocante na adolescência. Não há nada de errado nesta sequência, mas há um risco, sim: o de que a descoberta do amadurecimento só ocorra depois que os avós já se foram.

Acho que nós, como guias circunstanciais da juventude posta aos nossos cuidados, temos obrigação de alertá-los do quanto é injusto que, por pura distração, percamos um convívio tão rico e carinhoso. A julgar pelo brilho dos olhos e os agradecimentos reiterados, esse comentário, de aparência despretensiosa, mexe muito com eles, e eu tenho me sentido bem ao admitir, silenciosamente, que possa estar despertando verdades adormecidas à espera de um grito de alerta.

O problema é que a juventude entorpece a noção do tempo. Mas então passam as décadas, e um dia descobrimo-nos confortáveis na fila de "prioridades por lei" para embarque no aeroporto. Se houver isenção para julgar as nossas desídias, teremos que assumir o completo despreparo para encarar a nossa finitude, nossa e dos nossos queridos. Simplesmente porque sempre nos parecerá menos mórbida a negação.

Uma pesquisa instigante, comandada pelo psicólogo espanhol Rafael Santandreu, foi baseada na observação de que a valorização teórica da nossa dependência afetiva não combina com as nossas atitudes porque, segundo ele, nosso cérebro está programado para não pensarmos no tempo que nos resta, o que nos induz a acreditar que sempre teremos outras oportunidades. Usando critérios estatísticos e baseados na idade de cada par estudado, o número de vezes que se visitam e a duração desses encontros, foi possível projetar o tempo que eles teriam para passar com seus entes queridos. Os amigos estudados confessaram que esperavam conviver muitos anos, e a informação de que esse tempo se contava em poucas semanas e, em alguns casos, não mais que dias, gerou uma comoção.

Igualmente chocante foi a estimativa de que os sobreviventes dos próximos quarenta anos gastarão 520 dias vendo séries, oito anos assistindo televisão e dez anos explorando a internet. Validados estes números, com grande chance de terem sido subestimados, o futuro determinará, inapelavelmente, a substituição da saudade pelo remorso.

Quando ficamos prontos?

"A dúvida, a busca, o interesse e a pergunta nos fortalecem mais do que as respostas!"

NILTON BONDER

Quem envelheceu trabalhando com jovens estudantes de medicina e entendeu esta atividade como um bálsamo para as agruras do cotidiano, se vê repetido em experiências que apreciou ou sofreu, festejando as mesmas conquistas ou repetindo os mesmos erros, e percebe que, apesar de todo o esforço, nunca estamos prontos.

As dificuldades de previsão de desempenho se multiplicam pela diversidade de situações em que somos testados, ainda mais quando o imprevisto decide reger o espetáculo, enchendo o palco de improvisações. Tal como ocorre, por exemplo, quando alguém resolve passar mal durante um voo, onde não há nada programado para ir além do "mantenham-se sentados, com o cinto afivelado, mesmo quando as luzes estiverem apagadas", ou a macabra "em caso de emergência abandonem todos os seus pertences...", um primor de sadismo.

Pois o voo se anunciava tranquilo, era um sábado, véspera de Dia dos Pais, e a maioria dos passageiros tinha no olhar a alegria explícita de quem voltava para abraçar o seu. Ainda que o sobrenome do comandante, anunciado com solenidade pela comissária-chefe, fosse *Milagres*, não passou pela cabeça de ninguém considerar que isso fosse necessário. De repente, naquela fase do voo em que a formalidade das apresentações se esgota e todos reclinam as poltronas para um cochilo, ouviu-se a frase clássica: "Por favor, algum médico a bordo?". A pergunta tinha a ansiedade de uma dor no peito.

O burburinho concentrava-se na fileira 7, assento do corredor. Um casal de médicos da primeira fila, a Flávia e o Marcio, acudiu, e tomando rapidamente a história, constataram uma queda importante da pressão e ordenaram que os vizinhos atléticos, que tinham se acercado por curiosidade, transportassem o paciente e o colocassem no assoalho, naquele espaço maior entre a primeira fileira e a área de serviço. Enquanto a jovem médica (anestesista) assumiu o comando, alguém foi escalado para manter as pernas elevadas para aumentar o retorno de sangue ao coração. Outros dois médicos, mais velhos, assistiam. Um deles pareceu frustrado quando a sua oferta de um Isordil, que recrutara no seu estojo de medicação de emergência (médico já infartado sempre sabe o que é útil em angina), foi recusada porque não havia a dor sugestiva de isquemia.

Enquanto o atendimento se processava, com o paciente já recuperando cor e voz, uma gritaria desesperada ecoava da coluna do meio, da fila 7: era a esposa transtornada. De repente, os gritos cessaram, e veio a informação: ela desmaiou. Um dos médicos experientes, sabedor do quanto a respiração acelerada pela ansiedade tonteia, mas, felizmente, não mata, sussurrou: "Como o silêncio do desmaio é aconchegante!". Quando o avião pousou, com todos vivos e sorridentes, fiquei observando os jovens médicos, comovidos com os aplausos, mas com aquela serenidade madura de quem festeja o bônus anímico de uma vitória com a humildade de quem sabe que nunca estaremos completamente prontos para todos os desafios futuros.

Que epidemia é essa?

"Solidão: um lugar bom de visitar uma vez ou outra, mas ruim de adotar como morada."

JOSH BILLINGS

Quando uma pesquisa clínica mostra que 70% das consultas de um ambulatório de convênios não envolvem doenças orgânicas, fica claro que estamos vivendo uma epidemia diferente dessas que se previne com vacinas e cuidados gerais de boa higiene e alimentação balanceada. Nada disso. Estamos diante de um fenômeno nosológico de identificação etiológica complexa, que não se pode explicar pelas mazelas da pobreza convencional, porque, afinal, em se tratando de uma população que conseguia pagar os planos de saúde, a inadimplência corriqueira estava excluída.

As primeiras pistas ficaram evidentes quando se percebeu que havia uma tendência dos pacientes de agendar antecipadamente tantas reconsultas quanto cada convênio permitisse por mês, por semestre ou por ano. A necessidade de assegurar que outras e outras vezes teriam quem os ouvisse, a demora em elaborar as queixas, a imprecisão dos sintomas e a multiplicidade das dores eliminava todas as dúvidas: solidão era o nome da praga. A tristeza no olhar, a escassez do sorriso e o desleixo no vestir são sinais sugestivos de desesperança e abandono. Outra marca característica é a ânsia de afeto que transforma qualquer gesto de carinho, um simples abraço, em declaração de amor aos olhos do mal-amado.

Vendo-os acomodados no salão da clínica, em silêncio submisso, incapazes de reclamar dos maiores atrasos e exageradamente agradecidos quando são chamados, é inevitável perceber do quão pouco o solitário precisa para sentir-se acarinhado. A sala de espera desse povo é silenciosa, refletindo o escasso interesse em compartilhar a tristeza que está espelhada no vizinho de bancada. Um sentimento comum é a perda da motivação, que pode ser atribuída ao abandono da viuvez precoce, à humilhação do desemprego prolongado, ao fracasso das expectativas da prole ou à lassidão da aposentadoria extemporânea.

Por outro lado, a longevidade que festejamos sem precaução trouxe um dos seus mais desagradáveis efeitos secundários: a perda dos amigos, que, por pura imprevidência nossa, esquecemos de firmar um pacto de sobrevivência mútua, e eles, que foram ficando pelo caminho, agora são lembrados como peças sem reposição.

Uma característica comum nesta legião é a disponibilidade de recursos materiais que satisfariam a maioria dos mortais, mas se contrapõe à ausência de quem, de fato, se importe com eles.

Quando o senhor simpático e afável anunciou, ao se despedir, que devia ser bom ter um amigo como eu, capaz de conversar sem pressa aparente, ficou evidente que a farmacologia moderna ainda não produziu um medicamento que possa atenuar o vazio da cumplicidade fraterna. Que o consultório do clínico se transforme em um divã genérico é consequência da escassez de relações pessoais familiares ou comunitárias, sólidas e confiáveis, essas que, por serem especiais, não se consegue improvisar.

Mas uma sociedade só poderá se considerar minimamente desenvolvida se for capaz de prover utilidade a uma geração fadada a viver mais, mas que não teve o cuidado antecipado de decidir para quê. Como paliativo, se pode oferecer qualquer tipo de voluntariado, apostando no efeito redentor de quem descobre que, por sua causa, a vida de alguém ficou melhor. Se nem isso der um sentido à velhice, estaremos diante de um caso perdido.

Quem se preocupa com quem cuida?

A intenção não é simplesmente se queixar, é antes entender o que mudou na concepção de que cuidar da saúde dos outros não é uma tarefa banal, e se todos ainda concordam que o cuidado da própria saúde é proteger o nosso bem maior. Por que, de repente, parece tolerável para pessoas em cargos de decisão que só alguns tenham direito ao melhor atendimento médico possível? Porque é essa a ideia explicitada pelos legisladores de ocasião ao proporem a liberação de escolas médicas a granel, desde que eles possam selecionar, cuidadosamente, quem deva proteger da sua própria saúde e a dos seus amados.

Minha tendência será sempre sugerir que esses demagogos que usam critérios tão egoístas quando se trata de quem cuida de si ou dos outros pensem como selecionariam os médicos para tratar dos seus filhos, ou no máximo de preocupação com qualidade, dos seus netos. E ajam empaticamente de acordo com suas desgastadas consciências.

Quando pensamos que já tínhamos alcançado o limite da estupidez nas sugestões de como resolver o problema da saúde pública brasileira, eis que aparece um tipo que, aproveitando o privilégio de ocupar uma mesa de discussão no Senado (claro que por culpa de quem convocou), animou-se a oferecer, com ar de inteligência, a luminosa ideia de que as enfermeiras com mais de dez anos de profissão prestassem o Revalida, e com isso, pudessem exercer a medicina. E, para sacramentar a proposta como idiota, a proposição foi seguida do clássico "e por que não?", típico de quem está convencido do brilhantismo da sua sugestão.

Na mesma linha da improvisação irresponsável, a Universidade Federal da Bahia, que tem no curso de Medicina o mais concorrido, contando com 1.015 alunos, metade dos quais são cotistas que precisam trabalhar para se sustentar, em vez de oferecer uma bolsa para manutenção dos alunos carentes, resolveu dar uma "enxugada" no currículo, sacando-lhe 1.500 horas de atividade docente, na presunção de que este conteúdo seja supérfluo e que ninguém será prejudicado no futuro pelas informações omitidas pelas decisões burocráticas.

O que chama atenção é que a progressão acelerada em direção ao desvario é um fato deste século, em que alguns valores foram modificados, não por requinte civilizatório, mas por evidente descaso com o sofrimento do outro. Neste contexto, a banalização da morte experimentou uma assustadora naturalidade por conta das milhares de perdas anunciadas à exaustão nos anos recentes de pandemia. Não há nenhuma dúvida de que a condição anímica da população em relação à ameaça de morte, inclusive por parte da imprensa, sofreu uma espécie do entorpecimento, que repercute, por exemplo, nas campanhas de doação de órgãos. O impacto do anúncio de que 66 mil brasileiros dependem de doação de órgãos para continuarem vivos já não gera o mesmo grau de comoção.

Mas nada disso justifica que o povo pobre se submeta à humilhação de ser tratado por simulacros médicos, porque alguém demagogicamente decidiu usar a vulnerabilidade de quem adoece como uma barganha covarde que vá favorecer a quem não tem o menor senso de humanismo. Imagine se alguém anunciasse, em nome da redução do custo, que para que mais pessoas pudessem viajar de avião uma determinada companhia está usando pilotos amadores. Vendo por este ângulo, fica fácil a conotação: uma doença malconduzida, pode, sim, ser a última viagem.

Felicidade: o trabalho que dá!

"A comparação é a morte da alegria."
Mark Twain

Sempre me impressionou a capacidade de certas pessoas de estarem contentes com coisas menores, em contraste com os que exigem a felicidade global. Só o amor despertou mais debatedores animados. Se considerarmos que a busca pela felicidade é a essência da nossa passagem pelo mundo, todo o aparente exagero se justifica. O resultado de tantas cabeças pensantes trabalhando em dissintonia explica a variedade infinita de conceitos, uma característica dos temas que não entendemos bem.

Como somos completamente diferentes, a ponto de que coisas que deslumbrem alguns provoquem bocejos em outros, não pretenda copiar modelos de felicidade. Tente construir a sua, do seu jeito. E trate de aceitar que, se pretender pôr a cabeça de fora, a ponto de ser profissionalmente respeitado, sempre terá maior chance o espírito acelerado, em comparação com aquele que sai da cama toda manhã com o desânimo de quem vai terminar o dia numa reunião do condomínio.

Para que não pareça implicância, e em prol dos menos ambiciosos, é preciso admitir que as pessoas pouco exigentes têm mais chance de alcançar uma condição de equilíbrio emocional, que se confunde tanto com felicidade, que talvez seja ela mesma. Por outro lado, uma fonte segura de infelicidade é a comparação, descrita por Mark Twain como a morte da alegria, porque à nossa volta sempre haverá alguém que sabemos melhor do que nós.

Quem consulta a literatura fica impressionado com o rosário de recomendações, com uma unanimidade: o caminho mais seguro é ajudar o outro, que além de ser um exercício de humanismo, ainda desperta nos beneficiados o mais nobre dos sentimentos: a gratidão. No desespero desta pandemia, este sentimento ficou evidente, como raramente tinha acontecido. A onda de manifestações coletivas de aplauso aos profissionais da saúde só precisa permanecer, para que ninguém a considere um reles fruto do pânico transitório. Qualquer medo contamina a gratidão. Enquanto isso, seguimos encantados com a descoberta de que ser médico, de verdade, é dar a alguém que nos procura uma alegria que ele não teria se não fôssemos capazes de fazer o que fazemos. E sem nenhuma soberba, até porque estamos sempre assombrados por nossos erros, dos quais, muitas vezes, nunca nos recuperamos completamente.

Um dos depoimentos mais pungentes recebi foi de um leitor fiel que confessou ter chorado enquanto assava uma costelinha no seu solitário churrasco de domingo, e se deu conta de que era, sim, uma pessoa feliz, e se sentia grato por isso.

Um exemplo de autodidata inteligente, ao entender que a pretensão de fazer todo o mecanismo funcionar harmonicamente é um impeditivo de felicidade, esta coisa que não existe e, um dia, acaba.

Como saber para o que servimos

"Quando é verdadeira, quando nasce da necessidade de dizer, a voz humana não encontra quem a detenha."

EDUARDO GALEANO,
O livro dos abraços

O incomparável Ariano Suassuna, numa de suas inesquecíveis apresentações, comentando sobre a escassez de alternativas profissionais na sua juventude, limitou as escolhas a partir de três características do candidato: quem gostasse de conta de somar, tinha pendor para a matemática e ia ser engenheiro; se preferisse dissecar barriga de lagartixa de manhã, ia ser médico; e se não gostasse de nada, ia ser advogado. Para eliminar qualquer acusação de preconceito, se incluiu no terceiro grupo, para contar, no final, que nunca tinha sofrido tanto até que ouviu um conselho de um famoso advogado para que fosse fazer qualquer outra coisa, porque ele também não servia para fazer aquilo que servia para quem não servia para nada. E foi então fazer filosofia, que, segundo ele, as pessoas ainda pensam que é a melhor alternativa para quem não gosta de trabalhar.

Mas a história está cheia de gênios que sofreram a angústia de buscar a verdadeira vocação, penando por tarefas burocráticas como forma de sobrevivência à espera da iluminação. Quando o pendor era para arte, mais sofrida ainda era a espera, porque, como regra, a resistência mais pesada começava em casa, com os pais convencidos de que isso "é coisa de desocupado, não criei meu filho para ser um vagabundo!".

Algumas vezes, para sorte do mundo, os prognósticos mais sombrios não se confirmam, como conta Romário sobre a previsão de sua mãe, que lhe teria profetizado: "Continue gazeteando a escola para jogar bola o dia inteiro, e você vai ver onde a sua vida vai acabar!".

Os que acreditam em destino acham que tudo está traçado, desde antes que o obstetra bata na bunda na expectativa do primeiro choro, e que a trilha pode ser uma linha reta ou um labirinto, dependendo do humor do ser supremo que, creem os religiosos, administra as nossas vidas.

Em 1967, houve em Lima, no Peru, um encontro mágico entre dois então jovens escritores, já festejados nas suas aldeias, mas ninguém apostaria que aqueles dois sul-americanos no futuro seriam laureados com o Nobel de Literatura. O material de um diálogo de dois dias foi colocado no livro *Duas solidões*, editado pela Record (2022), e que me foi presenteado por Walter Zin, um querido confrade da Academia Nacional de Medicina.

Uma das primeiras perguntas que Mario Vargas Llosa fez para Gabriel García Márquez foi: "Todo mundo sabe para que serve um engenheiro, um arquiteto ou um médico, mas, na sua opinião, como escritor, você serve para quê?"

E Gabo responde: "Eu acho que comecei a escrever quando descobri que não servia para nada do que queriam que eu servisse, como, por exemplo, trabalhar na farmácia do meu pai. E depois, quando comecei a escrever, me agradava que publicassem o que tinha escrito, porque percebi que eu escrevia para que meus amigos gostassem mais de mim". E concluiu a resposta: "Agora, a verdade é que o fato de escrever obedece a uma necessidade urgente, e quem tem a vocação de escritor tem que escrever, porque só assim vai se livrar das suas dores de cabeça e da sua má digestão".

Mais curioso é que, mesmo as pessoas bem-sucedidas, em geral, não sabem dizer por que e quando decidiram ser o que seriam.

O tempo da desconfiança

"Não há nada de errado com aqueles que não gostam de política, eles simplesmente serão governados pelos que gostam."

Platão

É certo que ninguém escolheria viver num mundo marcado pela desconfiança.

Se estamos vivendo esse tempo, significa que temos enorme parcela de culpa por termos permitido, por inércia ou comodismo, que os valores básicos fossem fraudados, gerando em grande parte esse desconforto que não desgruda e que nem conseguimos explicar, mas mantém uma náusea engatilhada e um resmungo permanente, única evidência de que estamos infelizes. Ainda que sigamos fazendo de conta que está tudo bem, mesmo com a consciência grunhindo que não.

A primeira função comprometida por esse estado de coisas é o sono, que some sem causa aparente, alongando as madrugadas nesse tempo de solidão fisiológica, em que a realidade, que está ruim, prenuncia-se ainda pior. Há poucas décadas, em sinal de preocupação com o bem-estar coletivo, eram frequentes as pesquisas de opinião para saber, numa atitude proativa, qual setor da sociedade era mais bem cotado perante a população.

Lembro de Correios, Justiça, imprensa e médicos liderando a pesquisa. Tempos depois, os Correios, provavelmente constrangidos pela distância que os separava dos outros objetos de pesquisa, tiveram uma piora impressionante, atribuída a um sinal dos tempos modernos, vertiginosamente acelerados pela tecnologia da informação. Mas, coincidência ou não, o topo daquela lista despencou a seguir. Em solidariedade?

Políticas que fracassaram em todos os lugares do mundo em que houve quem acreditasse nelas foram sacudidas do mofo que as cobria e apresentadas como novidades. E outra vez estabeleceu-se a supremacia do discurso vazio sobre os fatos indiscutíveis. E a desconfiança generalizou-se, porque quase nada era como parecia ser, e cresceu a percepção de que só teria certeza de alguma coisa quem estivesse mal-informado. A justiça tornou-se fluida, e o brado, "isso é inconstitucional!", passou a ser repetido com tal frequência que, depois de um tempo, ninguém mais sabia o que aquilo queria, de fato, dizer. Talvez clamassem pela memória da dona Constituição, uma senhora originalmente bonita, mas que passou por tantos acréscimos e remendos, que passou a ser evocada somente quando vítima de outro atropelamento ainda mais desfigurante.

A imprensa, outrora formadora de opinião, fragmentou-se como representante de uma sociedade ideologicamente dividida, em que cada um lê ou ouve só o que coincida com sua opinião, fugindo do contraditório, que sempre foi o mais poderoso antídoto da ignorância, individual ou coletiva.

A medicina, historicamente vista como elite social nos países desenvolvidos (provavelmente porque os poderosos sempre tiveram medo de morrer de uma doença tratável), passou a ser ostensivamente aviltada na sua origem, com cursos caça-níquel sem nenhuma preocupação com qualidade, vitimando de morte a quem nunca pode escolher.

Com os valores básicos em franca degradação, ninguém mais tem ânimo para promover uma pesquisa que apurasse, por pura curiosidade, em qual setor da república o povo confia menos. E por quê? Porque ninguém está interessado no que o povo pensa, desde que siga pagando os impostos, claro, e guarde para si sua modesta opinião. E, para provar que não estamos em um regime totalitário, resmungo pode. Em casa.

Quem serão nossos cuidadores?

A expectativa de vida da população de um determinado país tem sido usada como um critério de diferenciação social. O que é considerado coerente, porque afinal não se constrói longevidade sem alimentação suficiente, meio ambiente preservado, condições de moradia adequadas e medicina qualificada, tanto terapêutica quanto preventiva. Definido que vamos viver mais, duas perguntas deviam ser obrigatórias: Para quê? E com que utilidade?

Em países mais desenvolvidos, como os escandinavos e o Japão, existem há algum tempo programas de reabilitação dos idosos, visando mantê-los produtivos e integrados à sociedade. E a questão não é exclusivamente que eles continuem participando da preservação econômica do país, que afeta a todos, mas é também manter intacta a autoestima dos nossos velhinhos, que de outra maneira estarão submetidos à sensação deprimente de hóspedes desesperançosos da sala de espera da morte. Uma política mais proativa não apenas qualifica a sociedade, pelo respeito que demonstra aos seus veteranos, mas também empresta ao idoso a chance de sentir-se útil, reconhecido como o melhor antídoto à tristeza e à depressão.

Antecipar a inutilidade em nome da aposentadoria pretensamente merecida só faz sentido àqueles portadores de limitações e dependências. Essas que, aliás, virão sempre com ares de injustiça, porque nos comportamos como se fôssemos viver para sempre. E nos surpreendemos ao descobrir que há um imenso descompasso entre o tanto que a medicina progrediu para aumentar a nossa expectativa de vida e o quanto a ciência tem patinado na busca de dignidade para esse adicional ganho com a protelação da morte.

Sem avaliar consequências, alardeamos com euforia a previsão de que nos tornaremos centenários, e mais adiante descobriremos, constrangidos, que o nosso corpo não foi programado para esses exageros. Na verdade, por otimismo exagerado, fingimos surpresa ao descobrir como é raro que, aos setenta anos, todos nossos órgãos e tecidos ainda funcionem a contento. E ficamos mais aflitos do que eufóricos com a promessa de três décadas adicionais, sem nenhuma garantia que valerá a pena. E mais, devemos nos preocupar com o número crescente de idosos que dependem de assistência para os cuidados básicos.

Uns, ainda lúcidos o suficiente para atinarem que representam um peso insustentável para suas famílias, requerem suicídio assistido, como uma resposta desesperada ao sofrimento sem redenção. Outros, neurologicamente sequelados, representam um desafio para seus descendentes. Os filhos bem-amados, com a plena consciência da responsabilidade de retribuir o cuidado de quem um dia os cuidou, se desdobram em desvelo até o fim, zelando por essa meia-vida que se desencontrou da morte completa.

Mas até existe quem, por razões que desconhecemos, se expõe à execração pública ao colocar seu velhinho indefeso numa cadeira de rodas e abandoná-lo na calçada em frente à casa de um irmão, que, segundo se noticiou, se negava a compartilhar a tarefa. A discussão das razões alegadas não vem ao caso. Triste, muito triste, é que ninguém o queria.

Um apelo às artes

"A arte existe para que a realidade não nos destrua."

FRIEDRICH NIETZSCHE

O curso "Medicina da pessoa", em quarta edição, conta com o respaldo científico da UFCSPA e o apoio do Centro de Ensino e Pesquisa da Santa Casa, além do apoio de quarenta das melhores Faculdades de Medicina do Brasil, que estimularam a inscrição de 1.013 alunos.

A ideia desse curso nasceu há quatro anos, a partir da percepção desconfortável que, como médicos, vivemos um grande paradoxo: sabemos muito mais medicina do que os nossos antecessores, mas os pacientes não nos percebem melhores, e os mais idosos confessam, com frequência, que sentem saudade dos médicos de antigamente. A causa desse distanciamento, olhada com isenção, resultou óbvia: com as conquistas tecnológicas que nos permitem saber muito mais das doenças, nos esquecemos de como cuidar das pessoas que adoeceram.

Os dez seminários que compõem o curso, que é gratuito e digital, abordam os principais desafios da relação médico-paciente e discutem quais instrumentos pedagógicos podem ser usados para reduzir a distância que nos separa dos pacientes.

Na sexta sessão do curso, o tema foi "A medicina e as artes". Os apressados perguntarão: o que arte tem a ver com a formação médica? E nós responderemos que, diante da preocupação universal de humanizar a ciência médica, a arte será sempre um instrumento valiosíssimo, porque qualquer forma de arte humaniza, na medida em que estimula o desenvolvimento da inteligência emocional.

Quem questiona esta ideia deve fazer parte do clube dos fleumáticos que se mantêm cegos às coisas que escapam da ciência e que na relação médico-paciente têm um papel relevante, porque quando adoecemos nos tornamos mais carentes de atenção e empatia. A valorização da inteligência emocional facilitará o entendimento de por que alguns colegas têm um currículo impressionante, mas não têm pacientes. E, pior ainda, os poucos que têm não se animam a agradecer-lhes, porque o pouco afeto que receberam não foi suficiente para destravar a válvula da gratidão.

O médico que vai envelhecer no século XXI deve estar preparado para enfrentar as agruras de trabalhar num país em que a qualidade de formação médica não interessa, e a ozonioterapia foi liberada para uso, apesar do clamor das entidades médicas mais representativas. Nestes tempos bicudos, temos que mirar na autoestima, sendo os melhores médicos que possamos ser. E isso, acreditem os mais jovens, inclui investir muito mais em humanização, que nos manterá em sintonia com as necessidades dos pacientes, inalcançáveis pelo robô, que, sendo rígido por concepção, será um festejado parceiro, imbatível no armazenamento de dados, e nada mais do que isso.

Que o convívio com a arte enternece corações ninguém duvida, e todos concordam que é exatamente de mais ternura que as relações humanas, em geral, estão carentes. E como a medicina, por suas características intrínsecas é, reconhecidamente, a atividade humana mais exigente de afeto, qualquer estímulo que torne o médico do futuro mais delicado e empático será bem-vindo.

Um centenário nunca é por acaso

"Não faças da tua vida um rascunho. Poderás não ter tempo de passá-la a limpo."

MARIO QUINTANA

Nós sabemos pouco sobre por que algumas pessoas vivem mais. Muito mais. Sabemos muito mais sobre por que tanta gente vive menos. Muito menos. Mas os trabalhos de grande fôlego, como o "Estudo sobre o desenvolvimento adulto", organizado pelo grupo de Harvard, que acompanhou 724 homens de origens sociais diferentes durante 75 anos, mostrou que tanto numa quanto noutra situação o fator determinante é a quantidade e a qualidade de relações humanas, sólidas e confiáveis.

Entre os primeiros octogenários saudáveis estudados, verificou-se que a maioria deles não estava entre aqueles que, necessariamente aos cinquenta anos, tinham colesterol normal ou perímetro abdominal de bailarino espanhol. Estavam, sim, entre aqueles que tinham muitas relações sociais, familiares ou comunitárias, alegres e saudáveis.

Esses seres gregários vivem mais, preservam a capacidade cognitiva por mais tempo, adoecem menos e, quando isso ocorre, sofrem menos por terem a parceria de ombros disponíveis. Em contrapartida, os solitários vivem menos, perdem rapidamente a capacidade cognitiva, provavelmente pela perda da estimulação do convívio, e adoecem mais. E, quando isso acontece, sofrem mais, porque somam a tristeza da doença à desgraça da solidão.

Aí, a gente olha para a vida do Arnaldo Costa Filho e percebe que esta longevidade gloriosa foi construída pela parceria dessa legião de amigos que o acompanharam durante a vida toda, seja fazendo medicina esportiva (vale a pena acompanhar a emoção com que ele mostra as fotos do Renner, campeão gaúcho de 1954), seja despertando gratidão no trabalho carinhoso como médico. Ou fazendo da música seu instrumento de aproximação de mais pessoas, que sempre adoraram vê-lo cantar, ou recrutando com afeto genuíno os seus amigos para que compartilhassem com ele a alegria de uma mesa farta e um bom vinho.

Então, os muitos anos que ele já viveu e os tantos que o aguardam no futuro representam uma construção, como uma parede de muitos tijolos, em que cada peça é representada pela conquista de novos amigos, e de um jeito que ele soube, como ninguém, torná-los definitivos.

Aprendi a reconhecer a sorte que tive de ter sido agraciado pela amizade fraterna desse tipo amoroso, capaz de ligar sem anunciar nenhuma razão, sem convite especial a fazer, simplesmente para saber se a gente continua bem, deixando sempre a sensação genuína de que aquela preocupação é verdadeira, e de um jeito que ninguém consegue simular. Nosso querido Arnaldo reconhece que seus primeiros cem anos foram ótimos, mas não podemos permitir que ele esqueça o que combinamos: de agora em diante, é sua responsabilidade manter este jeito bem-humorado de encarar a vida.

Na expectativa de que os interessados percebam a diferença entre viver ou simplesmente durar, e entendam que ninguém se torna um centenário por acaso ou teimosia.

Uma aposta no esquecimento

"No final, não nos lembraremos das palavras dos nossos inimigos, mas do silêncio dos nossos amigos."

MARTIN LUTHER KING

Se alguém registrar o que em algum momento prometeu, com a melhor das intenções, ficará surpreso anos depois ao reler o prometido e atribuir a si mesmo a responsabilidade de ter dito tamanha barbaridade. Estes registros que servem para documentar o que pensamos são indispensáveis para reconstruir a história, e são igualmente desconcertantes quando nos deparamos com a percepção mais comum na rememoração do passado: "Mas como é que eu fui dizer uma bobagem dessas?".

Talvez por isso tanta gente considere emocionalmente mais saudável não ficar chafurdando no passado e, assim protegidos, se autoeximir de penitência, fazendo de conta que o que passou, passou. Mas essa atitude de pura conveniência costuma ter autonomia para ficar pulsando num cantinho remoto da nossa caixa de memórias, algumas delas execráveis e sempre disponíveis a incomodar aos de bom caráter, que terão de ruminá-las nas repetidas vezes em que elas voltam em madrugadas insones, sempre determinadas a atrasar o amanhecer.

Um castigo do qual imerecidamente estão poupados os canalhas que, acredita-se, mantêm um acordo espúrio com o passado, anulando a consciência, que representa, para os honestos, o derradeiro bastião da dignidade.

Na recapitulação dos acontecimentos, o mundo digital tem sido implacável, criando inclusive uma verdadeira especialidade, a dos detetives da rede, dedicados a vasculhar o lixo do tempo em busca de uma estratificação social: em um lado, os farsantes, minoritários, mas tão barulhentos que dão a falsa sensação de predominância. Do outro, uns tipos realmente estranhos, portadores de uma virtude cada vez mais rara: os que têm convicção e se orientam por ela. E entre os dois grupos, sobrevivem os indiferentes, os da coluna do meio, que, todos estão de acordo, é melhor que permaneçam assim.

Os historiadores, que garimpam o passado para prever o futuro, porque aprenderam que adaptado ao momento novo tudo se repete, se deliciam com rompantes ingênuos ou cínicos dos pretensos arautos da nova ordem. Que na verdade não são mais do que tacanhos subestimadores da perspicácia e da memória daqueles que envelheceram sem jamais renunciar à coragem de pensar por conta própria.

Alguns, para fugir da chateação recorrente de serem confrontados com discursos antigos e contraditórios, apelam logo para a clemência improvável da mídia, com um descarado "esqueçam tudo o que eu escrevi", mesmo sabendo que os traídos pela falsidade da atitude resistem à amnesia, com bravura. Mas o tempo passa, e como se o remoto tivesse sido posto para dormir, eles voltam e se sentem confortáveis em recomendar atitudes que, por preguiça ou cinismo, nunca praticaram.

Alguns desses desfilam, debochados, porque contam com a proteção intransponível de magistrados tão tendenciosos que não se constrangem em determinar quais bobagens podem ser publicadas, mantendo caladas aquelas que depreciariam seus protegidos. Mas enquanto o YouTube, esse indiscreto guardião da memória, não for caçado, seguiremos estarrecidos com o quanto, nesse mundo de caráter líquido, é possível mudar de opinião em nome, claro, de um bem maior.

A aposta no esquecimento se materializa no esforço esquizofrênico de atualizar versões de um mesmo candidato, como se caráter pudesse ser modificado, quando todo mundo sabe que carregamos a sina de ser o que somos, independente do que os outros queiram que sejamos.

Vamos desistir do cartão-postal?

"Eu semeio vento na minha cidade.
Vou pra rua e bebo a tempestade."
CHICO BUARQUE

A aceitação das mazelas, independentemente do tipo de sofrimento agregado, só se processa quando há uma razão aparente de ser. E o nosso cotidiano está recheado desses exemplos em que ficamos buscando um sentido. Tanto faz se a perda está relacionada à doença, com seus desdobramentos, que sempre incluem medo e fantasia de morte, ou a uma tragédia coletiva, que afetando uma comunidade, tem seu efeito pulverizado, sem poupar ninguém, mesmo àqueles que se sentem inatingíveis, como se fosse possível ser feliz sozinho.

Curiosamente, essa universalização da catástrofe não diminui o dano emocional de cada um dos envolvidos. Por isso, passado o tempo mais agudo da hecatombe, ainda persiste uma condição anímica de desânimo crônico. No entanto, como não podemos seguir lamentando indefinidamente o que perdemos, e foi muito, começam a ecoar as vozes de conclamação para um esforço conjunto de reconstrução.

Nestas circunstâncias, vem à tona as nossas diferenças em relação a virtudes essenciais como coragem, resistência, empatia e insubordinação. Alguns sucumbem à dor da perda, vacilam no rumo da ressurreição, passam a desacreditar de si e dos outros e necessitam evidentemente de ajuda psicológica.

Entre esses, estão os que foram além das perdas materiais e tiveram subtraídas suas memórias afetivas, como um senhor de meia-idade que foi arrancado de casa no meio na noite, com água já entrando pela janela. Quando se animou a voltar lá, dez dias depois, para avaliar a extensão do prejuízo, encontrou uma parte da sua coleção de DVDs e dezenas de discos de vinil boiando na sala de estar. Quando vasculhou os escombros, percebeu que a enchente tinha bom gosto musical, afinal os álbuns de Miles Davis, Norah Jones, Ella Fitzgerald, Nina Simone, Frank Sinatra, Elis Regina e Cartola tinham sido levados pela correnteza. Ainda que a chance de recuperar integralmente essas perdas fosse remota, nada se comparava, no sentimento dele, ao desaparecimento da escrivaninha com o pacote de cartas que recebera dos pais durante o longo tempo em que esteve fora do país. Algumas dessas cartas foram relidas menos vezes do que mereciam. Antes as tivesse decorado.

Mas nada nos demoverá de recomeçar. Verdade que seguimos olhando o rio de soslaio, com um misto de medo e desconfiança, ainda mais agora que, com qualquer ventinho, ele se derrama em prantos na avenida. Alguns consideram que ele faz isso por birra, outros, mais perspicazes, já entenderam: o nosso lindo Guaíba só voltará à alegria de cartão-postal quando tiver seu leito dragado de toda a sujeira que a enxurrada asquerosa emporcalhou.

O que perdemos quando vamos embora

De vez em quando, uma revisita a Gabriel García Márquez é uma experiência rica em novas descobertas e muitas confirmações. Uma das suas heranças literárias menos reverenciadas é *Doze contos peregrinos*. Da primeira leitura, não lembro de nenhum daqueles contos como marcante, talvez porque durante muito tempo fiquei empacado na introdução, tão maravilhosa que Gabo poderia ter parado por ali e a edição já estaria justificada.

Nela, Gabo conta um sonho que tivera em Barcelona, durante um tempo de autoexílio que passou por lá. Ele sonhou com a própria morte, e, durante o velório e enterro, acolheu os melhores amigos sul-americanos, dos quais ele tinha muita saudade. No seu sonho, eles estavam todos muito elegantes, vestidos a rigor, e felizes de estarem juntos outra vez. Comeram, beberam, repassaram as melhores histórias, riram, choraram de rir e, por fim, de pura emoção.

No final da tarde quente de Barcelona, quando se preparavam para voltar, Gabo ainda continuava abraçado a eles, quando foi advertido que não podia acompanhá-los porque ele tinha morrido. Confessou então ter aprendido, nesse momento, o que significa morrer: é nunca mais estar com os amigos. Essa proposta original do que significa morrer mexeu muito comigo.

Passados pelo menos doze anos, provavelmente estimulado por um passeio recente pelo meu arquivo de correspondência afetuosa, sonhei que almoçava em um restaurante próximo à Academia Nacional de Medicina com o querido professor Orlando Marques Vieira. Meu encantamento pelo professor começou na visita acadêmica, um ritual que precisa ser cumprido por todos os pretendentes a uma vaga como membro titular da Academia Nacional de Medicina. Quando liguei para agendar a visita, ele pediu que o encontrasse na sede do Colégio Brasileiro dos Cirurgiões, então presidido por ele.

No início da conversa ele comentou:

"Então teremos mais um gaúcho na Academia. E gaúcho de Porto Alegre?"

"Não, professor, eu nasci em Vacaria."

E a conversa mudou de rumo:

"Então você não vai estar sozinho na Academia. Numa viagem de carro para o sul, eu me encantei com os Campos de Cima da Serra e dormi na tua Vacaria."

Pronto, o gelo estava quebrado, e como se fôssemos velhos amigos seguimos conversando, e muitas vezes, quando nos saudávamos na Academia, ele perguntava como andava a *nossa* Vacaria. Descobri logo que ele era uma referência afetiva sempre que algum acadêmico se dispusesse a falar sobre bom humor, afeto espontâneo e entusiasmo por viver, fosse qual fosse a motivação da conversa.

No sonho eu lhe contava de um simpósio que estou preparando na secção de cirurgia, que envolve a seleção das melhores respostas para as perguntas difíceis em medicina, mesmo na opinião desse grupo de médicos experientes e bem resolvidos. Como era previsível, as perguntas mais desconcertantes seguidas das respostas mais inteligentes brotavam da experiência de exercer a medicina durante décadas, movidos pela insaciável gratificação de cuidar do outro.

O projeto é transformar esses relatos numa espécie de manual para os jovens médicos, que em geral fogem das perguntas mais difíceis por não saber como respondê-las. Quando terminou o almoço do sonho, e o convidei para irmos para a Academia, como fizemos tantas vezes, ele me disse que infelizmente não poderia me acompanhar porque estava morto. E então, com o sorriso debochado que era a sua marca, me confidenciou: "Uma pena eu não poder participar deste teu simpósio, porque eu teria cada pergunta...".

Eu sei que sim, professor, e tenho a dolorosa noção do quanto perdemos.

As escolhas dos outros

"A guerra é sempre a primeira escolha dos que não têm que lutar."

Bono Vox

A diversidade humana é tão rica e tão insuspeitada, que nunca cansamos de nos surpreender. E quando nos convencemos de que, agora sim, temos um jeito de ser, porque afinal amadurecemos, mais estamos expostos a sermos flagrados em sobrecargas imprevisíveis diante de situações desafiadoras, essas que fogem da monotonia do cotidiano.

E nada se compara à doença como fonte de insegurança e medo para qualquer pessoa. E é neste turbilhão de ansiedade que circula o médico, falível como todo o ser humano, tendo como único escudo a solidão do bom senso.

Isso posto, fica fácil depreender o tipo de pressão emocional que se impõe a quem pretenda cuidar de todos os que lhe pedem socorro, com dedicação máxima, e ainda preservar a sanidade mental para ser a âncora afetiva de sua própria família.

Esse enorme desafio de exigência constante pode explicar, pelo menos em parte, a fadiga profissional usada como justificativa para o bloqueio de uma relação médico-paciente mais presente e afetuosa. Esse distanciamento programado provoca as queixas frequentes a consultas-relâmpago, explicações escassas e ordens explícitas para a secretária jamais disponibilizar o celular do doutor.

A recomendação de que o paciente, diante de qualquer dificuldade, deve procurar a emergência dos hospitais, submetendo-se à impessoalidade desse tipo de atendimento, libera o médico da inconveniência dos chamados aleatórios, mas compromete a relação de confiança, que a partir dessa indisponibilidade, será norteada pela rigidez do horário comercial.

A transformação do médico em um funcionário da saúde, com relógio de ponto e passagem do turno como uma troca da guarda, pode parecer adequada para estabelecer padrões de comportamento profissional em saúde pública, onde os pacientes humildes nem sonham com o direito de escolha, mas em nada se assemelha ao médico idealizado por quem adoeceu.

Por incompreensíveis razões, a formação médica está sendo vilipendiada na liberação indiscriminada de escolas improvisadas, no empobrecimento do currículo e na desvalorização da residência, última chance de diferenciação técnica, como se qualificação fosse um bem supérfluo.

Além disso, a insanidade de quem escolhe esse modelo para gerir a saúde dos outros (que aliás, nunca reservaria para si), espanta qualquer indício de humanismo. E os médicos assim formados, de tão parecidos com os robôs, serão substituídos, com vantagem e justiça, por robôs verdadeiros. Temo que se essa visão assustadora não tenha nada de exagero.

A medicina de verdade, entendida como a arte de fazer ciência com doçura, generosidade e entrega, da qual só abrem mão os saudáveis imprevidentes, está sendo criminosamente ameaçada pela enxurrada de novos formandos, que, em nome da sobrevivência, nunca terão tempo para descobrir a maravilha que é cuidar de quem sofre, ser reconhecido por isso e merecer gratidão.

E, entre os milhares que serão sacrificados, estarão aqueles tantos que carregam a vocação original, mas passarão pela vida sem ter a menor noção do que perderam.

A pureza original

"O acaso é o grande mestre de todas as coisas. A necessidade só vem depois, não tem a mesma pureza."

Luis Buñuel

A neta, que tinha trabalhado comigo na universidade, veio pedindo socorro. O avô, que eu não conhecia, tinha sido mandado de Aceguá, na fronteira com o Uruguai, com um câncer de esôfago, para ser tratado na Santa Casa. E, segundo ela, o avozinho não aceitava o tratamento e só falava em voltar para casa. "Quem sabe o senhor o convence!"

Fui vê-lo, e o encontrei de braços cruzados, resistindo aos apelos cheios de diminutivos da enfermeira, que pretendia puncionar-lhe uma veia para iniciar a quimioterapia.

"Bom dia, seu Firmino, eu sou o dr. José Camargo."

"Ah, a minha neta me falou que o senhor é o mandachuva aqui!"

"Não se impressione com isso, seu Firmino, porque ninguém me obedece!"

"Bueno, aí pouco adianta!"

Não lembro, nesses anos todos, de uma conquista mais rápida: em trinta segundos de conversa e ele já tinha me fisgado.

E o encanto tinha razões de sobra: o convívio social das grandes cidades impõe regras de civilidade que incluem um exercício básico de hipocrisia, indispensável a um relacionamento polido, ainda que às custas do sacrifício da espontaneidade. E aquele homem tosco, mas de uma pureza comovente, nunca precisara aprender que, na presença de um desconhecido, temos que ser cuidadosos, porque não temos a menor ideia de como ele seja, do seu estado de espírito, das imprevisíveis oscilações de humor ou de que demônios o incomodam.

E não faria o menor sentido explicar que, na verdade, é exatamente nos nossos melhores dias que estaremos mais vulneráveis, porque a leveza da felicidade interior nos induz a supor que, naquele dia e lugar, todos devam estar igualmente exultantes. E porque nem lembramos mais do quanto as pessoas rindo na rua nos irritavam naqueles dias em que o mundo parecia ter conspirado para acabar conosco.

Quando me sentei para ouvir a história da vida do Firmino, mais o invejei por ter chegado aos 88 anos vivendo na sua pequena comunidade, onde ninguém jamais esteve atormentado pelos melindres da sociedade urbana, preocupada o tempo todo apenas em ser, sem o desperdício de aparentar. E nada é mais previsível nesta condição do que a reciprocidade de afeto.

O relato do que a vida fora de casa lhe fraudara nesses quinze dias em que estava no hospital era puro sentimento, e por isso seu drama pessoal não podia ser incluído nos complexos algoritmos da medicina baseada em evidências, essa que aprendemos a usar como construção de um modelo a ser cumprido na orientação terapêutica de uma determinada doença, mas que não considera o que pensa dela o portador.

"Doutor, se o senhor manda alguma coisa, me ajude. Eu já vivi demais, já perdi minha velha e não quero morrer nesta cidade barulhenta que nem me deixa dormir, que era o único jeito de não pensar o quanto estou sozinho. E se o senhor é mateador, sabe o quanto é ruim não ter ninguém para passar a cuia."

Não fiz mais do que abraçá-lo, antes de sair para assoar o nariz no corredor.

O maior gesto de amor

Preparar uma sociedade para o maravilhoso gesto da doação de órgãos deve começar pelo entendimento de que a doação é muito difícil, porque se apela para a generosidade de uma família justo no momento que os sentimentos dominantes são de dor e revolta pela perda. O que as campanhas de doação de órgãos pretendem é que esta decisão grandiosa seja tomada em condições de saúde plena, movida pela conscientização pura do que significa a grandeza de poupar o sofrimento do outro.

Do convívio com famílias doadoras, duas situações me comoveram:

Em Santa Maria, saímos do bloco cirúrgico com órgãos acondicionados para o transporte, quando uma mãe nos interrompeu, colocou a mão sobre a caixa de isopor e disse: "Meu filho, vai lá e salva essas vidas como me prometeste que farias quando me convenceste que valia a pena ser doador. Depois disso, fica tranquilo porque Deus vai tomar conta de ti".

Em Joaçaba, quando saímos do hospital, percebi o olhar de tristeza inconfundível de um grupo de pessoas abraçadas e não resisti a me despedir e agradecer. E, então, um homem de uns cinquenta anos interrompeu o choro, colocou a mão no meu ombro, e disse: "Cuide bem do que restou do meu filho, doutor, porque ele queria muito ser médico!".

Com eles, aprendi que a grandeza do que faziam só se podia medir pela preocupação de que famílias desconhecidas, que nunca poderiam lhes agradecer, fossem poupadas da mesma dor que lhes varava o coração.

Não consigo imaginar um gesto de maior grandeza humana.

Quando a gana faz a diferença

"Se queremos progredir, não devemos repetir a história, mas fazer uma história nova."

Mahatma Gandhi

É previsível que a atividade médica integral deva ser mesmo um contínuo exercício de sensibilidade, dada a nobreza da matéria-prima envolvida. Mas o que torna essa maravilhosa profissão ainda mais estimulante e desafiadora é a imprevisibilidade das reações humanas diante de situações semelhantes, atestando que, definitivamente, não somos seres programáveis.

E algumas especialidades, por transitarem na estreita faixa que tenta separar expectativa de vida e fantasia, são ainda mais desconcertantes. Dezenove anos depois da graduação, encantado com o entusiasmo dos que trabalhavam com transplantes, e tendo feito um treinamento específico, resolvi embarcar nessa locomotiva sem ter a menor ideia de que aquele era um caminho sem volta. Em parte pelo fascínio de sentir-se como um instrumento de protelação da morte, mas muito pelo vínculo de dependência afetiva com os que tinham sido agraciados por um tempo extra, não importando quão curto esse tempo fosse.

Como sempre, a proximidade da morte, por dar a todas as coisas o valor que elas de fato têm, é um modelo pedagógico irretocável, de autenticidade, esperança, persistência, humildade e gratidão. É inevitável, ao conviver com os candidatos ao transplante, não ser envolvido pela intensidade e abundância desses sentimentos. Impossível passar ileso pela experiência de compartilhar a ansiedade da espera, a incerteza da conquista, a alegria de estar vivo para ganhar um dia a mais de esperança ou a terrível dor de ter perdido a corrida desesperada contra o tempo. Ou, pior ainda, receber o tão esperado órgão e, por estranha ironia, ser vítima de complicações inesperadas e, perdendo-o, perder-se.

Ouvindo Valter Garcia descrever a odisseia que significou, ainda na década de 1970, implantar o transplante renal, que engatinhava no mundo, e forçar essa pretensão num hospital tão pobre que não tinha mais do que uma modesta diálise peritoneal, deixou clara uma sensação que encheu o Teatro do Centro Histórico da Santa Casa de Porto Alegre: estávamos diante de um tipo que se alimentava das dificuldades para aumentar sua gana de fazer acontecer. E, de repente, ficou evidente que o relato dos 6 mil casos de transplante de rim, alvo original daquela homenagem, era apenas a consequência dessa gana.

O olho brilhando de uma centena de cúmplices daquela proeza era o jeito didático de dizer que ele nos representava e, com sua simplicidade comovente, confirmava o que a Santa Casa, durante esses 221 anos, tem ensinado a cada uma de suas crias: a medicina de qualidade faz da competência e da humildade o seu modelo de propaganda silenciosa. E que, não importando o quanto seja complexo o que se tenha feito, nunca podemos desistir de tentar fazê-lo melhor.

Certamente por isso é tão pouco produtiva a busca de pretensiosos entre transplantadores.

Como esquecer um dia como aquele?

"O preço de qualquer coisa é a quantidade de vida que você trocou por isso."

Henry D. Thoreau

A necessidade de compatibilizar o tamanho do pulmão do doador com a caixa torácica do receptor sempre representou uma dificuldade adicional para o transplante pulmonar em crianças.

Diante dessa exigência, idealizou-se uma técnica que prevê o uso da metade inferior dos pulmões de dois doadores adultos, para substituir pulmões inteiros que foram destruídos por alguma doença da infância. Esta técnica está reservada a pacientes pediátricos que estejam em uma condição tão crítica que não sobreviveriam à espera por um improvável doador cadavérico.

O fato de que os doadores, por razões legais, devam ser familiares, na maioria dos casos pai e mãe, favorece a evolução, reduzindo, assim, a probabilidade de rejeição. A Santa Casa é o único hospital do hemisfério sul que realiza este tipo de transplante. De qualquer maneira, é uma indicação pouco frequente, haja vista que, da nossa experiência total de 761 transplantes de pulmão (até agosto de 2024), apenas quarenta envolveram doadores vivos.

O primeiro transplante desse tipo feito fora dos Estados Unidos foi realizado aqui, há exatos 25 anos, na primavera de 1999. O paciente, um menino com quase treze anos à época, era a imagem mais impressionante de insuficiência respiratória. Portador de uma bronquiolite (sequela de uma infecção viral que determina severa obstrução das pequenas vias aéreas) que resultava em uma impressionante hiperinsuflação dos pulmões, o paciente dormia obrigatoriamente ajoelhado, porque sufocava ao deitar-se. Com apenas 12% de capacidade pulmonar e uma expectativa de vida muito curta, o transplante se apresentava como única alternativa para evitar uma morte iminente.

Trabalhando mentalmente com essa possibilidade, desde que assistimos à experiência inicial do dr. Vaughn Starnes, em Los Angeles, em 1996, tínhamos agora a desafiadora oportunidade de transformar uma fantástica proposta teórica em uma chance real de sobrevida para o filhote caçula de pais amorosos e desesperados.

Ensaiados todos os passos, marcamos a data: 17 de setembro de 1999, uma sexta-feira, dia do aniversário da minha mãe. Por pura ansiedade, acordei muito cedo naquele dia, mas relutei em sair da cama, como se fosse possível adiar o medo que me aguardava lá fora.

Inesquecível mesmo foi a cena do trio entrando no bloco cirúrgico: o menino Henrique ajoelhado na maca e gritando de falta de ar, a mãe chorando porque o filho chorava, e o pai, determinado como ele só, tentando, sem conseguir, acalmar os dois. Foi só naquele momento que tive a exata noção do tamanho da empreitada: íamos operar três pessoas da mesma família. E então, perdida a chance de recuar, fomos em frente: Henrique, na sala 1, Márcia, como primeira doadora, na sala 2, e Amadeo, na sala de recuperação, aguardando a sua vez.

Como ocorre com todos os cirurgiões, uma vez iniciada a operação, o nível de concentração sobe e a adrenalina do medo é substituída pela endorfina que brota espontaneamente da pretensa certeza de que, calma lá, essa cirurgia nós sabemos fazer.

Sete horas depois, concluídas as seis etapas que compõem esse tipo de operação, houve finalmente tempo de perceber que, até ali, tudo estava dando certo. Aliviado e exausto, sentei-me no chão, um jeito pessoal de tratar o cansaço. Quando o Felicetti, o parceiro de todas as horas, sentou-se ao meu lado e choramos abraçados, tive a certeza de que tínhamos feito uma coisa realmente grande. Há muito tempo havíamos aprendido que o choro dele era o melhor monitor do tamanho do que tínhamos feito.

Passados 25 anos, com o Henrique em vida plena, ficou arquivada na memória daquele 17 de setembro a generosa premonição de que, um dia, o futuro haveria de dar sentido à densidade emocional do choro que choramos.

Minha mãe já não faz mais aniversários, mas sou grato pelos 22 anos em que festejamos juntos a feliz coincidência das datas.

O epílogo da vida

"A medicina nos preparou para a vida, não para a morte."
ATUL GAWANDE

A oitava sessão da terceira edição do curso "Medicina da pessoa" foi dedicada a explorar as nuances e as dificuldades da atividade humana considerada a mais nobre de todas: a de cuidar de quem precisa de uma última ajuda.

A atenção na fase terminal se define pela condição de dependência completa, que assemelha um adulto de qualquer idade a uma criancinha recém-nascida, que não sobreviveria por conta própria, numa regressão que coloca o nosso paciente na última fronteira da vida, dependente de todos os cuidados, tal qual experimentou ao aportar neste mundo, décadas antes. O fato de a maioria desta população ainda conservar a lucidez torna necessário a esse cuidado empatia e extrema sensibilidade, exigências que, definitivamente, excluem a participação de amadores e desmotivados.

As razões pelas quais os médicos jovens fogem do paciente terminal foram atribuídas a uma formação médica distorcida, com um currículo acadêmico que privilegia a busca da recuperação da saúde e nega a evidência de que o atendimento médico não se encerra com a irreversibilidade do quadro clínico. Uma vez que não se pode ignorar que a proximidade da morte e o seu desfecho representem etapas críticas de necessidades assistenciais urgentes e delicadas.

Por falta de orientação e treinamento, muitos médicos imaturos não percebem que o discurso esperançoso, que faz parte da rotina do atendimento do paciente recuperável, no epílogo da vida se revela inútil e ofensivo à inteligência do paciente terminal, que invariavelmente sabe que está morrendo e vive uma situação em que só a verdade faz sentido. Um indício muito eloquente e sutil da inadequabilidade do discurso é o paciente fechar os olhos no meio da preleção médica surreal sobre o projeto terapêutico futuro. Se isso ocorrer, vire a chave: o paciente sempre sabe quando o futuro acabou.

O papel mais importante do médico consiste em aliviar todo o sofrimento físico e oferecer parceria na solução de pendências comuns no ocaso da vida, usualmente na busca de perdão por alguma grosseria que arrastou pela vida afora, como uma alforria para que morra em paz. Há muito tempo aprendi que analgésico, oxigênio e perdão constituem o tripé básico da terapia médica na terminalidade.

Com foco na preservação da dignidade, o eminente oncologista, professor Daniel Tabak, deu ênfase à delicadeza e à necessidade de empatia promovendo a discussão acerca dos requintes na relação médico-paciente em oncologia. O afeto, com toda a certeza, é o melhor lenitivo para as mazelas do tratamento oncológico e o medo que caracteriza o convívio com uma doença estigmatizante.

Débora Noal, uma psicóloga brilhante, contou sobre suas múltiplas missões do Médicos sem Fronteiras, quando trabalhou nos limites da miséria humana em países como Haiti, República Dominicana, Congo, Sudão do Sul, Líbia, Tunísia e Moçambique. Ela decidiu dedicar sua vida, sua escuta e seu afeto àqueles que mais necessitavam e, numa verdadeira catarse, produziu um livro espetacular, *O humano no mundo*, que todos deveriam conservar na mesa de cabeceira para uma passada de olhos quando se sentissem tentados a se queixar da vida.

Num clima de indisfarçável emoção, a doutora Ana Lucia Coradazzi, uma oncologista com um olhar generoso para além do câncer, concluiu o nosso simpósio falando sobre os tópicos mais delicados dos cuidados paliativos, com foco absoluto em aliviar o sofrimento. Quando encerrou a sua comovente apresentação, Ana deixou evidente o quanto de afeto é desperdiçado por aqueles que negligenciam o convívio de maior densidade emocional possível, esse que marca a relação médico-paciente no fim da vida.

Reconfortante foi a sensação final de que ninguém saiu incólume daquela sessão tão inspiradora.

IMPRESSÃO:

PALLOTTI
GRÁFICA

Santa Maria - RS | Fone: (55) 3220.4500
www.graficapallotti.com.br